KB163790

르시드·오라스

일러두기

• 이 책은 Pierre Corneille, 『*Oeuvres de P. Corneille, Tome III: Le Cid Tragédie 1636*』(Project Gutenberg, 2011), 『*Oeuvres de P. Corneille, Tome III: Horace Tragédie 1640*』(Project Gutenberg, 2011)을 참고했습니다.

진형준 교수의 세계문학컬렉션 12

르 시드·오라스

Le Cid·Horace

피에르 코르네유 지음

살림

피에르 코르네유

작자 미상의 17세기 판화 작품.

「**라로셸 공략에 나선 리슐리외 추기경** Le Cardinal de Richelieu au siège de La Rochelle」

프랑스 화가 앙리폴 모트의 1881년 작품. 1634년 코르네유는 작가로 성장할 큰 기회를 맞는다. 당시 재상이자 절대 권력자였던 리슐리외 추기경의 후원을 받게 된 것이다. 코르네유의 고향 루앙을 방문한 추기경은 코르네유의 재능을 알아보고 그를 '다섯 작가(Les Cinq Auteurs)' 중 한 명으로 선택했다. 추기경은 다섯 작가를 통해 자신이 생각하는 새로운 희곡, 즉 미덕을 강조하는 작품을 구현하려고 했다. 그러나 추기경의 요구는 진정한 혁신을 꿈꾸던 코르네유에게 너무 한계가 많았고, 추기경과 갈등을 빚은 끝에 결국 '다섯 작가'에서 탈퇴하고 말았다. 리슐리외 추기경은 알렉상드르 뒤마의 소설 『삼총사』에 악당으로 등장하는 인물로, 지방 귀족과 프로테스탄트를 억압하고 중앙집권제를 확립하여 루이 14세의 절대왕정 수립에 기초를 닦았다.

오페라 「르시드」

프랑스의 데생 화가 에밀 바야르의 1885년 작품. 쥘 마스네가 작곡한 오페라 「르시드」(1885)의 공연 장면을 묘사했다. 1629년 첫 작품 『멜리트(*Mélite*)』로 찬사를 받은 코르네유는, 이후 8편의 작품을 펴낸 뒤, 1637년 『르시드』를 발표하여 대성공을 거둔다. 이 작품은 스페인 극작가 길렌 드 카스트로 이 벨비스의 『시드의 젊은이들(*Las mocedades del Cid*)』(1618)에 근거했는데, 벨비스의 작품은 다시 실존 인물 로드리고 디아스 데 비바르(1040~1099) 또는 엘시드 캄페아도르(El Cid Campeador) 이야기에 근거했다. 스페인의 옛 카스티야 왕국 출신 귀족이자 용맹스러운 장군인 엘시드는 발렌시아를 통치한 인물로 스페인 사람들에게 국민 영웅으로 추앙받는다.

「**오라스의 맹세** Le Serment des Horaces」

프랑스 화가 자크 루이 다비드의 1784년 작품. 『오라스』(1640)는 고대 로마의 역사가 티투스 리비우스의 『로마 건국사(*Ab Urbe condita libri*)』(기원전 27~기원전 9)에 나오는 고대 로마 초기 전설인 호라티(Horatti) 또는 호라티우스 집안과 쿠리아티(Curiatii) 또는 쿠리아티우스 집안의 갈등과 싸움 이야기에서 소재를 가져왔다. 『오라스』는 리슐리외 추기경에게 바쳐졌고, 『르시드』에 이어 두 번째로 대성공을 거두었다.

「공동 작업(몰리에르와 코르네유) Une collaboration(Molière et Corneille)」

프랑스 화가 장레옹 제롬의 1873년 작품. 1655년 작가와 극단장으로 유명해진 몰리에르가, 공연 실패로 고향 루앙에 내려와 은둔 중이던 코르네유를 만났다. 이후 코르네유는 재기하여 다시 활발히 창작에 나섰다. 애초에 『르시드』는 루이 13세와 리슐리외 추기경이 주도하여 만든 프랑스 최고 학술단체 아카데미 프랑세즈로부터 결함 있는 작품이라는 평가를 받았다. 고전극의 행동 · 시간 · 공간이 일치해야 한다는 삼일치법칙을 지키기 않았다는 이유에서였다. 이것이 당시 문단과 사교계가 둘로 갈라져 다툰, 유명한 '르시드 논쟁'이다. 아리스토텔레스는 『시학』에서 비극이란 행동은 한 가지 행동, 시간은 하루, 배경은 똑같은 한 공간이어야 한다고 주장했다. 『르시드』는 시간과 공간이 이 원칙에서 벗어났다. 몰리에르, 라신과 함께 프랑스 고전 비극의 3대 거장으로 불리는 코르네유는, 이처럼 아무리 중요한 규칙이라도 깰 수 있다는 도전 정신으로 연극을 쇄신해나갔다.

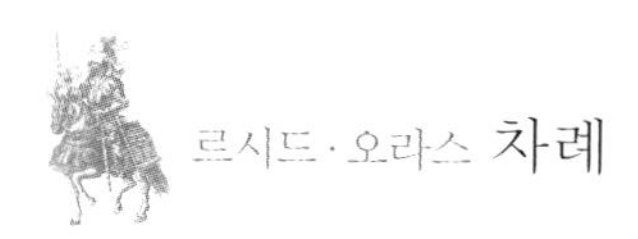

르시드·오라스 차례

르시드 Le Cid

1

스페인 남부 세비야의 카스티야 왕국에 시멘이라는 아름다운 처녀가 있었다. 그녀는 왕국에서 가장 용맹하기로 명성이 높은 백작의 딸이었다. 수많은 귀족 자제들이 그녀의 마음에 들기 위해 안달이었다. 그만큼 그녀는 아름다웠다. 과년한 딸을 둔 백작은 딸 시멘을 사랑하는 젊은이들이 과연 누구인지, 시멘이 누구를 마음에 두고 있는지 궁금했다. 그는 시멘의 하녀 엘비르를 불러 물었다.

"나도 많은 젊은이들이 시멘을 좋아한다는 이야기를 들었다. 누가 그 애를 좋아하는지 너는 다 알 테지. 어디 내게 말해 보아라."

"아가씨에게 열정을 보이는 분들이 많지요. 모두 저에게까지 잘 보이려고 애를 쓴답니다. 그중에 진정으로 따님을 사랑하는 사람은 두 분이에요. 돈 로드리그 씨와 돈 상슈 씨지요. 하지만 시멘 아가씨가 다정한 눈길로 그들의 사랑을 부추기는 건 아니랍니다. 그냥 무관심하게 두 분을 지켜보고 있지요. 아가씨는 아버님이 남편을 선택해주시기를 기다리고 있습니다."

"과연 내 딸이다. 딸로서의 의무를 잘 지키고 있구나. 둘 다 모두 딸에게 잘 어울리지. 고결한 데다 용감해. 훌륭한 집안에서 교육도 잘 받았고 가문도 아주 좋아. 하지만 그중에도 돈 로드리그가 더 훌륭한 젊은이야. 그 표정은 용기 있는 자에게서만 볼 수 있는 거지. 가문도 전사들의 영광으로 빛나고 있어. 그의 아버지 돈 디에그 라이네스는 젊었을 때 아무도 따를 수 없는 전사였지. 그의 이마 주름살에는 그의 모든 무훈들이 새겨져 있어. 아들도 아버지와 못지않을 게 틀림없어.

내 딸은 그를 사랑하고 기쁘게 할 자격이 충분히 있어. 엘비르야, 시멘을 만나거든 이야기를 나누어보아라. 내 생각은 감추고 그 애 생각을 물어보도록 해라. 난 왕이 소집한 회의가 있어서 가봐야겠다. 전하께서 왕자의 사부를 선택하실 예정이야. 나를 그 명예스러운 자리에 올려주실 거야. 내가 전하를 위해 세운 공이 얼마나 많은가! 아무도 나와 경쟁할 생각을 못할 거야."

엘비르는 곧장 시멘에게로 갔다. 시멘은 엘비르를 초조하게 기다리고 있었다. 실은 아버지 속마음을 떠보라고 시멘이 미리 엘비르에게 부탁을 해놓았던 것이다.

"그래, 엘비르야, 아버지께서 뭐라고 말씀하셨어?"

"아가씨의 마음을 매혹시키는 한마디지요. 백작님께서는 아가씨와 마찬가지로 로드리그를 좋게 생각하신답니다."

"너무 행복한 말은 의심스러운 법이야. 아버님의 말을 어떻게 믿을 수 있지?"

"백작님은 아가씨보다 훨씬 앞서 가세요. 로드리그가 아가씨를 사랑하는 걸 너무 기뻐하시는걸요. 아마 아가씨에게 로드리그의 구애를 받아들이라고 명하실 거예요. 회의에서 나오시자마자 아가씨께 말씀드릴걸요."

"아, 정말 행복해. 하지만 그 즐거움을 쉽게 받아들이기 어려운 것 같은 기분이 드는 건 왜일까? 무언가가 나를 짓누르는 것 같아. 운명은 한순간에 바뀌기도 하잖아. 커다란 행복

속에는 커다란 불행이 있을 수 있다는 게 두려워."

"아가씨가 공연히 두려워하신다는 걸 곧 알게 될 거예요."

궁전에서는 공주가 시멘을 기다리고 있었다. 시멘과 공주는 가깝게 지내면서 자주 만나는 사이였다. 시멘이 약속 시간에 늦자 공주가 혹 무슨 일이 있는지 알아보라고 시종에게 심부름을 보냈다. 시멘을 기다리는 동안 공주의 가정교사 레오노르가 공주에게 말했다.

"공주님, 요즘 거의 매일 시멘과 로드리그의 사랑이 어찌되었냐고 물어보시지요. 그런데 그런 공주님의 얼굴에서 슬픔이 비추는 건 어인 일이지요?"

"시멘을 돈 로드리그와 맺어준 건 바로 나야. 내 덕분에 시멘은 처녀로서의 자만심을 꺾고 그를 받아들이게 된 거지. 내가 맺어주었으니 그들이 끝까지 갈 수 있도록 도와주어야 해."

"그런데 그들이 행복해하면 할수록 왜 공주님이 슬퍼하시는 모습을 보이시는 거지요? 제가 너무 무례하게 넘겨짚었나요?"

"사실은 내게도 가슴속 비밀이 있어. 잘 들어. 아, 내가 속으로 얼마나 힘들게 싸우고 있는지……. 내가 연약하다고 나를 동정해도 좋아. 하지만 나는 내 미덕으로 내 마음과 싸우고 있어. 아, 사랑이란 그 어느 누구도 용서해주지 않는 폭군인가 봐. 그 젊은 기사, 내가 시멘에게 줘버린 그 연인을 나는 사랑하고 있어."

"그를 사랑하시다니요!"

"손을 내 가슴에 얹어봐. 그의 이름만 듣고도 내 가슴이 얼마나 뛰고 있는지 봐."

"공주님, 제가 공주님의 사랑을 비난하더라도 저를 용서해주세요. 공주님, 공주님의 연인으로 한낱 기사를 택하시다니요! 공주님의 위대함을 잊으셨나요? 전하께는 뭐라고 말씀하실 건가요? 또 카스티야 왕국은 어쩌시려고요? 공주님이 누구 딸인지 잊지 마세요."

"물론 명심하고 있어. 그래서 나는 시멘과 로드리그를 맺어준 거야. 나는 내 명예를 지키려고 애를 썼어. 내 용기와 자존심에 호소했어. 나는 왕의 딸이기에 다른 군주 외에는 그 어떤 사람과의 사랑도 옳지 않다고 스스로 다짐했어. 하지만 내 마음을 나도 어쩔 수 없었어. 내 결심만으로는 이길 수 없었어. 그래서 나는 내가 도저히 가질 수 없는 사랑을 자진해서 시멘에게

「산타가데아의 맹세 Jura de Santa Gadea」

스페인 화가 마르코스 아코스타의 1864년 작품. 산타가데아 교회에서 엘시드가 증인으로 앞에서 지켜보는 가운데, 알폰소 6세가 『성경』에 손을 얹고 자신이 형 산초 2세의 암살에 가담하지 않았다고 맹세하는 장면이다. 중세시대에 카스티야 왕국은 이베리아 반도 내에서 가장 크고 강력한 왕국이었다. 카스티야 백작 겸 레온 왕 페르난도 1세가 1065년 죽자 산초 2세는 카스티야 왕국을, 알폰소 6세는 레온 왕국을, 가르시아 2세는 갈리시아 왕국을 물려받았다. 1071년 산초 2세는 동생 알폰소 6세와 힘을 합쳐 갈리시아 왕국을 정복했다. 1072년에는 알폰소 6세를 물리치고 레온 왕국마저 차지했다. 그러나 그해 산초 2세는 암살당했고, 망명했던 알폰소 6세가 돌아와 다시 카스티야 왕국의 왕이 되었다. 이후 카스티야 왕국은 카스티야 연합왕국으로 발전했으며, 1479년 아라곤-카탈루냐 왕국과 연합한 뒤, 1516년 진정한 통일 스페인 왕국으로 성장했다.

준 거야. 내 사랑을 끄기 위해 그들의 사랑에 불을 붙인 거야."

공주가 이야기를 하는 동안 레오노르는 놀란 눈으로 공주를 바라보고 있었다. 공주가 말을 이어나갔다.

"놀라지 마. 내 고통 받는 영혼은 그들의 결혼을 초조하게 기다리고 있어. 내 마음의 휴식은 오로지 거기에 달려 있어. 사랑은 희망을 먹고 산다고 하지. 희망이 사라지면 사랑도 함께 죽는 법이야. 시멘이 로드리그를 남편으로 맞이하게 된다면 내 희망은 사라지겠지. 내 이 슬프고 뜨거운 사랑의 모험도 끝이 나겠지. 그때는 내 영혼도 치유되겠지. 하지만 로드리그가 결혼할 때까지는 그를 향한 사랑은 나도 어쩔 수 없어. 그를 잊으려고 노력하고 있지만 마지못해 그럴 뿐이야. 하지만 나오는 건 한숨뿐이야. 사랑하는 사람을 억지로 사랑하지 않으려고, 경멸하려고 애쓰는 게 얼마나 힘든지 알아?

나는 반으로 쪼개져 있어. 아무리 용기를 내도 가슴은 타오르고 있어. 그들의 결혼은 내게 치명적이야. 나는 두려워하면서도 그들의 결혼을 바라고 있어. 명예를 지킬 수 있거든. 하지만 사랑도 명예만큼 매혹적이야. 사랑이 이루어지든 안 이루어지든 나는 죽을 거야."

공주의 이야기를 다 듣고 난 레오노르가 한숨을 쉬며 말했다.

"공주님, 공주님 말씀을 듣고 보니 저도 고통스럽다는 것밖에는 드릴 말씀이 없네요. 좀 전에는 공주님을 비난했지만 이제는 동정합니다. 하지만 공주님의 미덕이 이 모든 불행을 밀어내고 유혹을 거부할 겁니다. 결국 공주님의 영혼에 평온이 찾아올 겁니다. 하늘에 기도하세요. 하늘이 공주님의 미덕을 불행에 빠뜨리지 않을 겁니다."

"고마워. 네 말대로 하겠어. 내 유일한 희망은 희망을 잃어버리는 거지만 기도할 거야. 결국 하늘이 나를 치료해줄 거야. 내게 안정을 주고 내 명예를 지켜줄 거야. 오, 하늘이시여! 저는 타인의 행복 속에서 제 행복을 찾으려 합니다. 그래, 이 결혼은 세 명에게 모두 중요해. 빨리 성사시켜야 돼. 두 연인을 결합시키면 나와의 사슬은 끊어지는 것이고 내 고통도 끝나는 거지."

그때 시멘이 도착했다고 시종이 와서 전했다. 둘은 대화를 멈추고 시멘을 기다렸다.

한편 어전에서는 회의가 끝났다. 왕자의 사부가 되기를 희망했던 시멘의 아버지인 백작은 몹시 실망했다. 왕이 로드리그의 아버지 돈 디에그를 사부로 임명한 것이다. 백작은 분한 마음을 안고 궁정을 나섰다. 그런데 앞에 돈 디에그가 가고 있는 것을 발견하고 그에게 말을 걸었다.

"결국 어르신이 이겼소. 전하의 은총으로 내가 누려야할 지위를 차지했소이다. 카스티야 왕국 왕자의 사부가 되셨구려."

"전하께서 정말 공정하신 분이라는 것을 보여준 거지. 내가 과거에 전하께 바친 봉사에 대한 보답을 주신 거라네."

백작은 얼굴을 찌푸리며 말했다.

"왕이 아무리 위대하다 하더라도 잘못된 판단을 하실 수도 있소. 왕도 우리와 같은 사람이오. 왕은 지금 왕에게 봉사하고 있는 사람들에게는 보상할 줄 모른다는 것을 이번 사실로 증명한 것이오."

그러자 돈 디에그가 백작을 달래며 말했다.

"자, 화를 거두시오. 백작을 화나게 한 그 문제는 그만 이야기합시다. 꼭 공적을 따져서 선택한 게 아니라 호의로 선택했을 수도 있으니까요. 백작을 선택했다면 좋았겠지만 전하께서 나를 더 원하셨으니 어쩌겠소? 자, 전하께서 내려주신 명예에 또 하나의 명예를 덧붙입시다. 우리 가문과 백작 가문을 결합시킵시다. 내 아들 로드리그가 백작의 딸 시멘을 사랑하고 있으니 이 기회에 그들을 맺어 줍시다. 백작, 결혼을 승낙하고 로드리그를 사위로 맞아주시오."

백작이 고개를 가로저었다.

"로드리그는 더 높은 결혼 상대를 바라겠지요. 어르신이 새로운 광채로 빛나게 되었으니 그의 가슴은 허영으로 가득 차겠지요. 그 이야기는 접고 왕자나 제대로 가르칠 준비를 하시지요. 자, 왕자에게 보여주시오. 한 나라를 어떻게 통치해야 하는가를. 선한 자에게는 사랑을, 악한 자에게는 공포를 주는 법을. 전쟁에 어떻게 용감하게 임해야 하는가를. 완전 무장한 채 적의 성벽을 공격할 수 있어야 하고, 며칠 밤과 낮을 말 위에서 보내야 한다는 것을 가르치시오. 그 모든 것을 어르신을 모범 삼아 가르치시오. 그리고 기억하시오. 어르신이 가르친 그 모든 것을 왕자가 보는 앞에서 직접 실천으로 보여주어야 한다는 것을."

백작은 돈 디에그가 나이가 먹었음을 빗대어 비아냥거린 것이다.

돈 디에그도 약간 화가 났다. 그가 백작에게 말했다.

"실천으로 보여주라고? 왕자님은 내 전기를 읽는 것으로 충분하오. 거기서 나의 훌륭한 업적들을 보고 배울 수 있을 것이오. 어떻게 여러 국가들을 정복할 수 있는가를! 어떻게 군대를 배치하고 공격에 나서야 하는지를."

"책 속에서 배울 수 있는 건 한계가 있지요. 생생한 모범이 더 큰 힘을 지니고 있는 법이라오. 어르신이 과거에 용감했다면 나는 바로 현재에 용감하며 내 팔이 지금 이 나라의 지주 역할을 하고 있소. 내 명성이 카스티야 성벽을 지켜주고 있으며 내가 없다면 이 왕국도 없을 것이오. 왕자가 나와 함께한다면 싸움에서 승리하는 법을 제대로 배울 텐데. 싸늘한 교훈보다는 살아 있는 팔이 더 좋다는 것을 나를 보면서 배울 수 있을 텐데."

돈 디에그는 화를 지그시 눌러 참으며 말했다.

"그만하시오. 나는 백작이 내 밑에서 싸우는 것을 보아 왔소. 나이 때문에 뜨거운 내 근육이 차가워졌을 때 백작의 비범한 재능이 내 자리를 잘 채웠소. 백작은 바로 예전의 나요. 어쨌든 인정하시오. 이번 선택을 통해 전하께서 우리 둘 사이에 차이를 두셨다는 것을."

"내가 마땅히 받아야 할 것을 어르신이 빼앗았소."

"내게 그것을 누릴 자격이 있었던 거요."

"실행력이 있는 사람이 더 자격이 있는 게 아닌가요?"

"어쨌든 거부당했으니 무언가 모자란 게 아니겠소?"

백작은 이제 갈 데까지 갔다. 그는 자제력을 잃고 말했다.

"늙은 어르신이 술책을 써서 차지한 것이오."

"무슨 소리를. 내 빛나는 업적만이 유일한 내 편이었소."

"더 솔직하게 말합시다. 전하께서는 나이에다 명예를 부여하셨소."

"전하께서 명예를 부여하실 때는 용기를 잣대로 쓰시지요."

"그렇다면 그 명예는 당연히 내 것이어야 했소."

이제는 돈 디에그도 참을 수가 없었다.

"명예를 얻지 못한 사람은 누릴 가치가 없었던 거요."

"가치가 없었다니! 내가요?"

"그렇소. 바로 당신이요."

백작은 완전히 정신을 잃었다. 그는 "이 무례한 늙은이, 어디서 그따위 경솔한 말을! 이게 그 경솔함의 대가다!"라고 외치며 돈 디에그의 따귀를 때렸다.

돈 디에그는 칼을 빼들며 외쳤다.

"끝장을 보자. 최초로 내 가문의 얼굴을 붉히게 한 자여, 이런 수치를 주었으니 내 목숨도 가져가라."

하지만 백작은 힘들이지 않고 돈 디에그의 칼을 빼앗았다. 그는 칼을 다시 돌려주며 말했다.

"네 칼이 내 손에 있다. 하지만 이렇게 쉽게 내 손에 넣은 칼로 그대를 죽이지는 않으리오. 잘 있으시오. 내가 무어라 했건 전기나 읽어주면서 왕자를 잘 교육시키시오. 무례한 언사에 대해 작은 처벌을 받은 사실도 전기에 등장하겠군."

돈 디에그가 분노에 몸을 떨며 말했다.

"내 피를 아끼는 거냐?"

"이 정도로 내 영혼은 만족하고 있소. 내 손을 더 놀릴 것도 없소."

"감히 내 목숨을 경멸하다니!"

"얼마 안 남은 그 목숨, 값이 얼마나 나간다고."

백작은 돈 디에그를 놔둔 채 가버렸다.

홀로 남은 돈 디에그는 치욕에 몸을 떨 수밖에 없었다. 그는 서둘러 아들 돈 로드리그를 불렀다.

"아버님 부르셨습니까?"

돈 디에그가 아들에게 말했다.

"아들아, 너는 용기가 있느냐?"

"아버님 앞만 아니라면 당장 보여드렸을 겁니다."

"역시 내 아들이로구나. 너를 보니 내 젊음이 되살아나는 것 같다. 가라, 아들아. 가라, 내 혈육아. 가서 내 수치를 씻어라. 가서 복수해라."

"어떤 복수를 말씀하시는 겁니까?"

"우리 둘의 명예에 치명상을 입힌 아주 잔인한 모욕을 내가 받았다. 따귀를 맞았다. 그 무례한 놈을 죽여 마땅했지만 내 나이 때문에 그럴 수 없었다. 이제 내 힘으로 지탱할 수 없는 이 칼을 네게 넘겨주마. 복수하고 처벌하라. 교만한 자에 대하여 너의 용기를 시험하러 가라. 죽어라, 아니면 죽여라. 너에게 두려워할만 한 자와 싸워야만 한다는 것을 알려주마. 그는 수많은 전쟁터에서 적들의 피를 뒤집어썼던 전사다."

"아버님, 도대체 누굽니까? 쓸데없는 말로 시간 낭비하지 마세요."

"그는 그 누구보다 용감하고 그 누구보다 뛰어난 장군이다."

"제발 말씀해주세요. 누구입니까?"

"시멘의 아버지다."

로드리그가 놀라서 외쳤다.

"시멘이라고요?"

"아들아, 더 이상 묻지 마라. 나도 너의 사랑에 대해 알고 있다. 하지만 명예를 잃고 사는 삶은 가치가 없다. 더욱이 소중한 사람이 모욕을 주었다면 그 모욕은 그만큼 큰 셈이다. 너는 큰 모욕을 받은 것이다. 너는 내 칼도 쥐고 있다. 더 이상 말하지 않으마. 내 원수를 갚아라. 내 원수는 바로 너의 원수다. 네가 손색없는 나의 아들임을 보여 다오. 운명이 나에게 가져다 준 불행 때문에 나는 슬픔에 젖어 있다. 가라, 달려가라, 날아가라! 원수를 갚아라."

돈 디에그는 아들을 남겨둔 채 밖으로 나갔다. 홀로 남은 돈 로드리그는 번뇌에 빠져 절규했다.

"오, 이 무슨 고통이 찾아왔단 말인가! 사랑이 이루어지려는 순간에 이런 불행이 닥치다니! 아버님이 치욕을 겪으시고 그 모욕을 준 이가 바로 시멘의 아버지라니! 내 명예를 향해 내 사랑이 손을 내젓고 있구나. 나를 말리고 있구나. 아버지의 원수를 갚는다면 내 사랑을 잃을 것이라고! 명예는 내 가슴을

뜨겁게 하고 사랑은 내 팔을 잡는구나. 사랑을 버릴 것인가, 아니면 불명예 속에서 살 것인가!

오, 이런 비할 데 없는 고통이여! 오, 아버지가 내게 넘겨주신 칼이여! 대답해다오. 너는 내 명예를 지키라고 내게 주어진 것이냐, 아니면 시멘을 잃으라고 내게 주어진 것이냐! 아, 차라리 죽었으면! 그녀도 나를 괴롭히는구나. 아버지의 모욕에 대하여 복수를 하면 그녀는 분노할 것이다. 하지만 모욕을 견뎌낸다면? 명예를 잃는다면? 나는 그녀의 사랑을 얻을 자격이 없는 놈이 될 것이다. 그래, 죽자. 적어도 시멘을 모욕하지 말고 죽자.

아, 그러나, 복수도 하지 않고 죽다니! 내 명예를 그렇게 버리다니! 사랑 때문에 내 영혼을 팔다니! 그래, 그 생각을 떨쳐버리자. 가자, 내 팔아! 최소한 명예는 지키자. 이래도 저래도 시멘을 잃어야 한다면 최소한 명예는 지키자.

더 이상 고뇌하지 마라, 나의 영혼아! 내게 우선하는 것은 연인보다 아버지이다. 싸우다가 죽든 고통으로 죽든, 내가 아버지에게 받은 피의 순수함은 지키리라. 복수를 향해 달려가자. 이렇게 망설였다는 사실조차 부끄럽구나. 아버님에게 모욕을 준 자가 시멘의 아버지라 하더라도 복수를 향해 달려가자."

2

백작이 돈 디에그의 따귀를 때려 모욕을 주었다는 소식을 왕도 전해 들었다. 왕은 가볍게 넘길 일이 아니라 생각했다. 더욱이 백작은 왕자의 사부의 따귀를 때린 것이 아닌가! 왕은 노엽기도 했다. 왕은 백작에게 사람을 보내 우선 자초지종을 알아보게 했다. 왕의 명령을 받은 돈 아리아스가 아직 궁정에 있던 백작을 만나러 왔다. 돈 아리아스는 백작에게 돈 디에그의 따귀를 때린 게 사실이냐고 물었다. 백작이 대답했다.

"우리 사이니까 고백하지요. 그땐 내 피가 약간 뜨거웠고 내 팔이 약간 성급했소. 하지만 이미 벌어진 일, 그 따귀에는 약이 없소."

"백작은 용기가 있는 분이요. 그 용기로 전하의 뜻을 따르도록 하시오. 전하께서는 이 일에 깊은 관심을 갖고 계시며 강력한 조치를 취하실 것이오. 모욕당한 이의 지위나 모욕의 크기로 보아 가벼운 사죄로는 안 된다는 것이 전하의 뜻이오."

백작이 흥분해서 말했다.

"그렇다면 내 목숨을 거두라 하시오. 전하의 권한에 속하는 것이니까."

"흥분을 좀 가라앉히시오. 전하는 백작을 사랑하오. 전하의 분노를 진정시키시오. 전하가 어떤 명을 내리건 복종하도록 하시오."

"이보시오, 이 일로 무조건 전하에게 복종하는 건 내 영광과 명성을 잃는 일이 될 것이오. 내 명성을 보존하기 위해 불복하는 것은 그리 큰 죄가 아니오. 또 내 죄가 아무리 크다고 하더라도 나는 그 죄를 용서받을 만큼 큰 봉사를 했고 지금도 하고 있소."

"무슨 말씀을 하시오. 아무리 큰일을 했다 하더라도 왕은 결코 신하에게 신세를 지는 것이 아니라오. 백작은 너무 우쭐

해하고 있소. 이걸 명심하시오. 전하를 진심으로 섬기는 사람은 자신의 의무만을 행하는 것이오. 그렇게 자신만을 너무 내세우다가는 결국 목숨을 잃고 말 것이오."

"당해봐야 당신 말을 믿게 되겠지요."

"전하의 말을 두려워하셔야 하오."

백작은 이미 도를 넘어서고 있었다.

"이보시오. 나 같은 사람은 그렇게 쉽게 죽지 않아요. 전하가 나를 처벌하려면 무장하라고 하세요. 내가 죽느니 오히려 국가 전체가 죽을 것이오."

"뭐요? 국가의 절대 권력을 두려워하지 않는다고요?"

"내가 없으면 그의 손에서 떨어져버릴 그 왕호를? 흥, 내 머리가 떨어지면 전하의 왕좌도 쓰러지겠지."

백작의 엄청난 말에 놀란 돈 아리아스는 작별 인사도 없이 그의 곁을 떠났다.

돈 아리아스가 사라진 지 얼마 되지 않아서였다. 돈 로드리그가 그의 앞에 나타났다. 돈 로드리그는 백작에게 침착하게 말했다.

“백작님, 돈 디에그를 잘 아시지요?”

“잘 알지.”

“그렇다면 그 노인이 용기 그 자체이고 용맹함과 명예의 화신이었다는 것도 알고 계십니까?”

“글쎄.”

“제 눈 속의 이 불꽃이 보이십니까? 이것이 그분의 피란 것을 아십니까?”

“그게 나와 무슨 상관이지?”

“여기서 조금 떨어진 곳으로 나가면 알게 해드리지요.”

“건방진 젊은이로군. 그래, 감히 나와 겨루어보자는 건가! 손에 무기를 한 번도 잡아 본 적이 없는 자네를 누가 이렇게 건방지게 만들었지? 도대체 내가 어떤 사람인지나 알고 이렇게 도전하는 건가?”

“물론 잘 알고 있지요. 다른 사람들은 백작의 이름만 들어도 몸을 떨겠지요. 수없이 월계관을 쓰신 것도 알고 있습니다. 누구나 제가 질 것이라고 생각하겠지요. 하지만 제게는 용기가 있습니다. 그리고 아버지의 복수를 위해 칼을 들었으니 못할 게 없습니다. 백작님은 단 한 번도 패배하신 적이 없지만 영원히 승자가 될 수 있는 것은 아니지요."

"자네의 용기는 가상하네. 그 용기가 내 눈에 들어 내 기꺼이 내 딸을 자네에게 주고 싶었던 거지. 자네가 내 딸을 사랑한다는 것도 나는 알고 있네. 하지만 사랑의 열정에 굴복하지 않고 이렇게 의협심을 드러내다니……. 내 선택이 틀리지 않았어. 자네는 완벽한 기사야. 그래서 더 자네를 향한 동정심이 생기는군. 자네의 젊음이 아깝네. 불공평한 싸움에 나서면 내 명예는 뭐가 되는가? 그런 승리 뒤에 무슨 영광이 있겠는가?"

"뻔뻔스럽다 못해 나를 동정까지 하다니! 명예는 함부로 빼앗으면서 목숨은 빼앗기를 주저하다니!"

백작은 돈 로드리그에게 물러가라고 말했다. 하지만 돈 로드리그가 물러날 리 없었다. 마침내 백작이 말했다.

"사는 게 그렇게 피곤한가?"

그러자 돈 로드리그가 대답했다.

"죽는 게 그렇게 두렵나요?"

백작이 마침내 말했다.

"가세, 자네의 의무를 수행하게 해주지. 아버지가 명예를 잃었는데 한순간이라도 더 살아 있다면 가문의 미덕을 잃는

결투 재판

중세시대 독일 행정관 아이케 폰 레프고브의 『드레스덴 법전(*Dresdner Sachsenspiegel*)』(1295~1363)에 실린 작자 미상의 작품. 어느 한쪽이 불리하지 않도록 동일한 각도로 햇빛을 받아야 한다는 규정을 보여주는 장면이다. 서양에서 정식 결투 개념은 중세시대 결투 재판과 중세 초기 바이킹의 결투로부터 발전했다. 상호 합의한 규칙에 따라 무기를 들고 싸웠는데, 이런 방식의 결투는 주로 중세 말부터 근대 산업혁명 전까지 이루어졌으며, 심지어 20세기 초까지 일부 남아 있었다. 17~18세기에는 대부분 칼로 싸웠고, 18세기 말~19세기에는 권총이 더 많이 사용되었다. 그리고 자신 또는 자신이 속한 집단의 명예를 지키는 것이 결투의 가장 큰 이유이자 목적이었다.

게 되겠지. 내가 그 미덕을 지켜줄 테니 가세."

둘은 결투장으로 향했다.

한편 아버지가 돈 로드리그 아버지의 뺨을 때렸다는 사실을 알게 된 시멘은 공주를 만나 하소연을 했다. 슬퍼하는 시멘을 공주가 위로했다.

"진정해라, 시멘. 꿋꿋해야 한다. 가벼운 폭풍우가 지나가면 평온이 찾아올 거야. 네 행복 위에 약간의 구름이 덮여 있을 뿐이니 잠시만 참으면 돼."

"공주님, 제 마음에는 폭풍우가 일고 있습니다. 곧 난파할 것만 같아요. 저는 사랑했고 사랑받았으며 행복했답니다. 양쪽 부모님도 그 사랑에 동의했고요. 그런데 아, 그들이 서로 싸우게 되다니! 저주받을 야망이여! 고상한 사람도 포악하게 만드는 무시무시한 광기여! 애처로운 명예여! 내 즐거움을 앗아간 명예여! 얼마나 많은 눈물과 한숨을 치르게 하려는가!"

"시멘아, 부모님들이 싸웠다고 걱정할 것 없어. 그 불화는 한순간에 일어났다가 한순간에 꺼질 테니까……. 전하께서 이미 화해하라는 명을 내리셨어. 나도 최선을 다해 도울게."

"공주님, 화해는 이루어질 수 없을 것입니다. 명예에 대한 모욕은 치유될 수 없으니까요. 아무리 힘으로 강요해도 안 됩니다. 아무리 신중하게 생각해보아도 치유되지 않습니다. 병을 치유한다 해도 겉으로만 그럴 뿐입니다. 증오는 여전히 가슴속에 숨은 채 뜨거운 불꽃을 피운답니다."

"아니야, 너희가 결혼하게 되면 아버님들의 증오가 걷히게 될 거야. 너희의 사랑이 결국 모든 불화를 끝나게 해줄 거야."

"저도 간절하게 그걸 바라고 있어요. 하지만 돈 디에그는 너무 오만하며 제 아버님도 못지않아요. 또한 저는 로드리그의 용기가 두려워요."

"시멘, 그렇게 두려워할 필요 없단다. 그는 너를 너무 사랑해. 너를 화나게 하고 싶지 않을 거야. 너의 부드러운 말 한두 마디에 그의 분노는 가라앉을 거야."

"아, 공주님, 그가 제 말을 듣지 않는다면 제가 얼마나 절망하겠어요! 하지만 만일 그가 제 말을 듣는다면? 사람들이 그를 뭐라고 말하겠어요? 그가 어떻게 그 치욕을 참아내겠어요? 그가 사랑에 굴복하든 저항하든 제 영혼은 혼란스러울 거예요."

"시멘아, 정말 생각이 깊구나. 맞아. 아무리 사랑에 빠져 있더라도 비열해질 수는 없겠지. 시멘아, 이렇게 하면 어떻겠니? 내가 어른들이 화해할 때까지 돈 로드리그를 잡아 두는 거야. 그렇게 된다면 그의 명예도 손상되지 않고 너희의 사랑도 지켜질 수 있지 않겠니?"

"아, 공주님, 공주님께서 그렇게만 해주신다면 제 모든 걱정이 사라질 거예요."

공주는 시종을 불러 돈 로드리그를 찾아오라고 명령했다. 하지만 시종은 돈 로드리그와 백작, 단둘이서 이미 궁정 밖으로 나갔다고 보고했다. 초조해진 시멘은 더 이상 공주 곁에 머물러 있을 수 없었다. 그녀는 공주에게 양해를 구한 후 밖으로 나갔다.

시멘이 밖으로 나가자 공주는 깊은 한숨을 내쉬었다. 겉으로는 시멘을 위로하고 달래주었지만 공주의 마음속은 들끓고 있었다. 그녀는 자신의 고통에서 벗어나기 위해 로드리그와 시멘이 하루빨리 결혼하기를 원했었다. 그것이 그녀가 보여줄 수 있는 최상의 미덕이었다. 그러나 아버지들 사이에 문제가 벌어지고, 그들의 결혼이 불확실해진 지금 그녀의 마음은 흔들릴 수밖에 없었다. 공주는 가정교사인 레오노르에게 속마음을 털어놓았다.

“아, 레오노르, 내 마음이 왜 이렇게 불안한 거지? 시멘이 불행한 것은 정말 안됐어. 하지만 겨우 잠재우려 애썼던 내 사랑이 다시 살아나고 있어. 희망이 다시 생기고 있어. 그런데 희망과 함께 다시 고통이 찾아오고 있어.”

레오노르가 공주에게 말했다.

“공주님, 공주님의 그 고결한 미덕이 그 비열한 사랑에 그토록 쉽게 굴복하시다니요?”

“비열하다고 말하지 마. 내 마음속의 사랑은 지금 아주 당당해. 그리고 내게 너무나 소중해. 내 의지는 그 사랑과 싸우지만 나도 모르게 기대를 갖게 돼. 내 마음은 부질없는 희망을 가지고 시멘의 연인 곁으로 달려가고 있어.”

“공주님, 공주님의 아름다운 의지를 이렇게 주저앉히시렵니까? 공주님의 이성은 어디로 갔나요? 희망에 들뜬 공주님의 모습은 공주님에게 어울리지 않습니다.”

“나도 잘 알아. 하지만 미덕과 이성의 힘이 큰 만큼 사랑도 큰 힘을 지니고 있어. 사랑이 내 마음을 사정없이 흔들 수 있다는 걸 알아줘. 만일 로드리그가 이 결투에서 승리한다면, 만일 그의 칼 아래 저 위대한 전사가 쓰러진다면, 나는 부끄럼 없이 그를 사랑할 수 있지 않겠느냐? 아, 그는 내가 맞아들일 수 있는 위대한 인물이 될 거야. 그는 어마어마한 업적들을 쌓게 될 거야. 그는 그라나다 왕좌에 오를 수도 있고 무어인을 굴복시킬 거야. 바다 너머 수많은 나라들을 정복하게 될 거야. 내 눈에는 벌써 그 모든 것들이 떠오르고 있어."

"공주님, 아직 결투가 벌어진 것도 아닌데 벌써 그런 어마어마한 위업을 떠올리시다니요?"

"몰라, 몰라. 로드리그는 명예에 상처를 입었고 백작이 모욕을 가했다. 그들이 함께 결투하러 나갔다. 그래, 그것뿐이야. 아, 혼란스러워. 혼자 있으면 미칠 것 같아. 내 곁에 있어줘."

한편 백작에게 왕의 뜻을 전하러 갔던 돈 아리아스는 당혹스러운 마음으로 왕 앞으로 나아가 백작의 말을 전했다. 보고를 들은 왕은 크게 노했다.

"아니, 백작이 그토록 오만하고 이성적이지 못하다니! 자기가 지은 죄를 용서받을 수 있다고 믿는단 말인가?"

"전하, 황공하게도 소신이 그를 설득하려고 애를 썼지만,

소용이 없었습니다."

"그럴 수가! 그가 왕까지도 무시하는 무모한 신하였단 말인가! 돈 디에그에게 모욕을 주더니 왕까지 경멸하는가! 그가 아무리 용감한 전사고 위대한 지휘관이라도 용서할 수 없다. 그가 저항하든 안 하든 그를 체포하라."

돈 알론스가 명을 받고 밖으로 나갔다.

그러자 오래전부터 시멘을 연모해온 돈 상슈가 나서며 말했다.

"전하, 백작은 지금 흥분 상태입니다. 조금 지나면 고집을 꺾을 것입니다. 전하, 흥분 상태에서는 쉽게 복종하지 않는 법입니다. 더욱이 자만심이 강한 사람은 자신이 틀렸다는 것을 알고도 쉽게 고백하지 않는 법입니다."

왕이 노기 띤 음성으로 말했다.

"돈 상슈, 말을 거두어라. 내 경고하노라. 그의 편을 드는 사람 또한 죄인이 되리라."

그러나 돈 상슈는 순순히 물러나지 않았다. 그가 말했다.

"전하, 명심하고 입 다물겠습니다. 하지만 한두 마디만 더 할 수 있도록 허락해주십시오."

"무슨 말을 더 하려는가?"

"전하, 위대한 행동이 몸에 배어 있는 사람은 머리 숙여 굴복하기 어렵습니다. 그 어떠한 굴복에도 수치심을 느끼기 마련입니다. 백작이 저항한 것은 전하가 아니라 바로 이 굴복이라는 단어입니다. 그에게 용기가 없었다면 그는 전하에게 복종했을 것입니다. 전하, 그에게 명령하십시오. 그의 칼로 전하에게 충성심을 증명하라고 명령하십시오. 공을 세우라는 전하의 명령에는 복종할 것입니다. 그는 명예를 무엇보다 존중합니다."

"돈 상슈, 무엄하기 그지없구나! 그러나 나이를 보아 용서하마. 용기 있는 젊은이의 열정을 인정해주마. 내 지혜로운 왕으로서 신하의 피도 아껴야 함을 잘 알고 있다. 그러나 명심해라. 나는 왕이다. 백작의 명예는 내 명령에 복종함으로써 지켜지는 것이다. 그는 돈 디에그를 모욕했다. 그는 내 아들의 사부로 내가 모신 사람이다. 그를 모욕한 것은 내 선택에 도전한 것이고 나 자신에게 도전한 것이다. 백작 스스로는 자신의 잘못을 바로잡을 수 없다. 그건 오로지 나의 몫이다. 자, 그 이야기는 더 이상 하지 말자. 우리에게는 더 큰 일이 있다."

그러자 돈 아리아스가 나섰다.

"전하, 무어인의 움직임에 대하여 보고를 받으신 것이 있으신가요? 그들이 무슨 준비를 하고 있나요?"

"강 하구 근처에서 그들의 배가 보였다는 보고가 있었소. 바다를 따라 별로 힘들이지 않고 이곳까지 올 수 있다는 것을 잊지 말아야 하오. 내가 그들로부터 이 지역을 빼앗아 카스티야 왕국을 세운 지 10년이 되었소. 그들은 호시탐탐 이곳을 노리고 있으니 조심해야 하오. 내 이미 성벽과 항구를 잘 지키도록 명령해놓았소."

그때 돈 알론소가 황급히 들어와서 놀라운 사실을 보고했다.

"전하, 백작이 죽었습니다. 돈 디에고가 아들 손으로 복수를 했습니다."

왕이 놀란 목소리로 말했다.

"내가 우려하고 경고하던 일이 벌어졌군. 백작이 죽은 건 아쉽지만, 그는 처벌을 받아 마땅한 짓을 저질렀소. 그는 너무 무모했소. 하지만 그런 지휘관을 잃은 것은 정말 애석한 일이오. 그는 이 나라를 위해 오랫동안 봉사했소. 나를 위해 수없이 피를 뿌렸소. 아, 그가 내게 아무리 오만했더라도 그의 죽음은 정녕 나를 슬프게 하는구나!"

그러자 돈 알론스가 왕에게 다시 말했다.

"전하, 드릴 말씀이 또 있습니다."

"무엇이오, 말해보오."

"백작의 딸 시멘이 눈물 흘리며 재판을 요구하러 왔습니다. 돈 로드리그를 처벌해주시기를 간청하러 왔습니다."

"내, 그녀의 슬픔은 충분히 인정하오. 그녀를 동정해 마지 않소. 하지만 먼저 죄를 지은 것은 백작인 것을. 어쨌든 그녀를 들라 하오."

돈 알론스가 물러났다가 잠시 후 시멘과 함께 들어왔다. 시멘은 엎드려 눈물 흘리며 왕에게 간청했다.

"전하, 재판을 청구하옵니다. 이렇게 엎드려 비옵니다. 죽음에 대한 복수를……."

그때 그 자리에 있던 돈 디에그가 시멘의 말을 끊고 나섰다.

"오만불손함에 대한 처벌이며 용기 있는 사람으로서 행동한 것입니다. 가족의 복수를 한 것입니다."

그러자 시멘이 말했다.

"전하, 전하의 신하가 피를 흘렸으니 전하는 그에 대해 재판을 하셔야 합니다."

그러자 다시 돈 디에그가 말했다.

"정당한 복수에 처벌이 따를 수 없습니다."

왕이 두 손을 들고 말했다.

"자, 둘 다 일어나시오. 그리고 제발 차근차근 말해보시오. 시멘, 나는 네가 얼마나 절망했는지 이해한다. 나도 가슴이 아프다. 우선 네 말을 들어보자. 돈 디에그 경, 그대는 시멘의 말이 끝난 다음에 말씀하시오. 그녀의 하소연을 막지 마시오."

그러자 시멘이 말했다.

"전하, 아버지가 돌아가셨습니다. 제 눈으로 아버지 옆구리에서 피가 쏟아지는 것을 보았습니다. 수없이 전하의 성벽을 보호했던 피, 수없이 전하에게 전쟁의 승리를 가져다주었던 피, 전쟁의 위험 속에서도 감히 쏟지 않았던 그 피가 쏟아지는 것을 보았습니다. 로드리그는 그 피로 전하의 궁전 안 대지를 적셨으며 전하의 나라의 기둥을 빼앗아갔습니다. 전하, 고통스러워 더 이상 말씀드리기가 어려움을 용서해주십시오. 제 눈물과 한숨이 나머지 이야기를 대신할 겁니다."

왕이 부드러운 미소를 띠며 조용히 말했다.

"시멘아, 용기를 내라. 오늘부터 과인이 네 아버지를 대신해서 아버지 역할을 해주마."

"전하, 과분하신 명예입니다. 저는 아버지가 돌아가시면서 하신 말씀을 직접 듣지는 못했습니다. 하지만 대지를 적신 아버지의 피가 제게 분명히 제 의무를 가르쳐주었습니다. 전하, 저는 그 의무에 따라 재판을 청구합니다. 전하, 용서하지 마십시오. 전하의 눈앞에서 자유가 남용되는 것을, 용감한 사람들이 무모한 자들의 공격 대상이 되는 것을, 방약무인의 젊은이가 이 나라의 기둥을 해치고 그 영광에 상처를 내는 것을 용서하지 마십시오. 제 아버지가 돌아가셨지만 저는 제가 위로받기 위해서가 아니라 전하의 권위를 위하여, 또한 전하를 이롭게 하려고 재판을 청구합니다. 이 죽음으로 전하는 고귀한 사람을 잃었습니다. 전하의 이름으로 복수를 명령하십시오. 전하와 전하의 국민과 카스티야 왕국 전체를 위해 돈 디에그와 가족 전체를 제물로 바치십시오."

시멘의 말이 끝나자 왕이 돈 디에그를 바라보며 말했다.

"돈 디에그 경, 답변하시오."

"전하, 나이 들어 기력이 쇠약해지니 이미 목숨을 잃은 사람이 오히려 부러워집니다. 나이와 함께 불행도 찾아오기 때문입니다. 수많은 전투에서 그 많은 영광을 얻었던 제가, 언제나 승리만을 알았던 제가 오늘날에는 모욕을 당하고 정복당했다고 느끼게 됩니다. 제가 살아오면서 한 번도 겪지 않았던 일, 아무리 난폭하고 강력한 적들이라도 감히 할 수 없었던 그런 일을 바로 전하의 궁정에서 당하고 말았습니다. 백작이 제 명예를 오염시켰으며 제 무기력함을 환하게 드러나게 했습니다. 만일 제게 아들이 없었다면 저는 수치에 휩싸여 무덤 속으로 내려갔을 것입니다. 제 아들은 저 대신 백작을 죽였으며 제게 명예를 돌려주었고 제 수치를 씻어주었습니다.

만일 명예를 잃은 것에 대해 복수한 것이 죄가 된다면 그 벌은 제가 받아야 합니다. 팔이 저지른 짓에 대해서는 머리가 처벌을 받습니다. 전하, 이번 사건에서 제가 머리이며 제 아들은 팔에 불과합니다. 만일 제가 건장하여 저의 손으로 복수할 수 있었다면 저의 아들은 절대 나서지 않았을 것입니다. 그러니 세월이 곧 앗아갈 그 머리에 벌을 내려주십시오. 전하를 위해 봉사할 그 팔은 보존하십시오. 제 피로 시멘을 만족하게 하십시오. 저는 그 어떠한 처벌도 달게 받을 것이며 여한 없이 죽을 것입니다."

둘의 이야기를 차례대로 들은 왕이 말했다.

"이 사건은 아주 중요한 사건이오. 신중하게 처리해야 하오. 뒤에 어전 회의를 열어 심의하겠소. 돈 상슈, 시멘을 집까지 데려다주어라. 돈 디에그 경, 경은 궁에 머물며 과인에게 충성을 다 하도록 하시오."

그런 후 왕이 명령했다.

"돈 로드리그를 데려오라. 내가 직접 심판하겠다. 시멘아, 너는 좀 쉬어라. 마음을 달래도록 해라."

시멘은 어전에서 물러 나와 힘겹게 집으로 발걸음을 옮겼다. 돈 상슈가 그녀를 호위했다.

3

여기는 시멘의 집, 로드리그가 불쑥 그녀의 집 안에 나타났다. 그의 모습을 본 엘비르가 화들짝 놀랐다.

"아니, 로드리그 님, 이게 무슨 짓이세요? 여기가 어디라고 오시는 건가요? 도련님 때문에 슬픔에 차 있는 이곳에 오시다니! 백작님 망령과 싸움이라도 하시려는 거예요? 이미 그 분을 죽이지 않았어요?"

"그가 살아 있는 건 나의 수치였다. 내 명예가 내 손을 쓰게 만들었다."

"하지만 살인자가 피해자의 집으로 피신하다니요."

"난 피신 온 게 아니다. 재판관에게 자신을 맡기려고 온 거다. 더 이상 놀란 얼굴로 나를 보지 마라. 내 재판관은 시멘이다. 나는 그녀의 증오를 받아 죽어 마땅하다. 그녀가 무슨 말을 하건, 무슨 행동을 하건 모두 받아들이겠다."

"도련님, 제발 그러지 마시고 아가씨 눈앞에서 사라지세요. 아가씨의 분노가 폭발하고 말 거예요. 거기에 도련님 몸을 맡기지 마세요."

"아니야, 내 소중한 그녀가 화를 내는 것은 당연하다. 그 화를 북돋아 내가 그녀 손에 죽을 수 있다면 나는 정말 행복할 거다."

"도련님, 아가씨가 곧 궁정에서 돌아오실 거예요. 로드리그님, 도망치세요, 제발. 도련님이 여기 계신 걸 사람들이 알면 뭐라고 하겠어요? 아버지가 죽었는데도 살해자를 집 안에 들여놓았다고들 하지 않겠어요? 아가씨가 비난받길 원하세요? 어머, 아가씨가 벌써 저기 오시네요. 아가씨의 명예를 위한다면 제발 몸을 숨기세요."

고개를 들고 보니 약간 떨어진 곳에서 시멘의 모습이 보였다. 그의 옆에서 돈 상슈가 그녀를 수행하고 있었다. 돈 상슈가 시멘에게 말하는 소리가 들렸다.

"아가씨, 아가씨 말대로 아가씨에게는 피에 젖은 제물이 필요합니다. 아가씨의 눈물과 분노는 정당합니다. 저는 말로만 아가씨를 위로하지 않겠습니다. 아가씨, 제 봉사를 받아주십시오. 제 칼로 죄인을 처벌하게 해주십시오. 아가씨가 명령하신다면 제 팔은 아주 강해질 것입니다."

시멘이 한숨을 내쉬며 말했다.

"전하께서 스스로 판단하신다고 하셨어요. 전하를 욕보이면 안 되잖아요?"

"아가씨, 아가씨도 아시겠지만, 그 일은 아주 느리게 진행될 겁니다. 그사이 죄도 흐려질 거고요. 아가씨, 명예로운 귀족의 무기로 복수를 하도록 허락해주십시오. 확실하고 빠른 길입니다."

"그건 마지막 처방이에요. 그게 필요할 때가 되면 당신 마음대로 하셔도 좋아요."

"그것이 바로 저의 영혼이 바라는 유일한 행복입니다. 아가씨 집에 다 왔군요. 저는 희망을 안고 이만 가보겠습니다."

돈 상슈는 예를 표한 후 시멘과 헤어졌다. 집 안으로 들어

온 시멘은 엘비르를 보자 말했다.

"아, 엘비르, 이제 우리 둘뿐이구나. 너와 단둘이니 이제 마음 놓고 슬퍼할 수 있게 되었어. 내 고통을 털어놓을 수 있게 되었어. 아, 엘비르, 아버님이 돌아가시다니! 로드리그의 칼이 아버님의 생명줄을 끊어놓다니! 난 반쯤 죽은 것 같아. 아, 복수해야 돼, 복수!"

"진정하세요, 아가씨."

"나보고 진정하라고? 내가 진정할 수 있겠니? 내가 고발해야 하는 죄인을 내가 사랑하고 있는데 내가 진정할 수 있겠니? 네가 내 고통을 알 수 있겠니?"

"아니, 아가씨! 아가씨 아버님을 죽인 사람을 여전히 사랑하시다니요?"

"사랑한다는 말로는 부족해, 엘비르. 그를 숭배하고 있어. 내 슬픔 속에 내 사랑이 우뚝 맞서 있어. 내 원수 안에 내 연인이 들어 있어. 내 가슴은 찢어질 것 같아. 하지만 내 사랑이 아무리 크다 할지라도 나는 주저 없이 내 의무를 따를 거야. 명예가 이끄는 곳으로 달려갈 거야. 로드리그는 아직 내게 아주 소중하지만 그 전에 나는 아버지의 딸이야. 그가 아버지를 죽였어. 나는 그걸 잘 알고 있어."

"아가씨, 로드리그 님을 고소하실 거예요?"

"아, 어쩔 수 없이 해야만 하는 고소여! 나는 그의 머리를 원하지만 원하는 걸 얻을까 봐 두려워. 그의 죽음 뒤에는 내 죽음이 따를 거야. 하지만 그를 처벌해야 해!"

"아가씨, 포기하세요. 그렇게 아가씨 자신을 너무 옭아매지 마세요."

"뭐라고? 아버님이 돌아가시는 것을 직접 보았고 아버님이 복수를 외치는데 그 말씀을 듣지 말라고? 또 다른 유혹에 빠져 눈물만 아버님께 바치라고! 비겁하게 침묵에 빠져 있으라고! 사랑의 유혹이 내 명예를 짓밟는 것을 보고만 있으라고! 그걸 내가 견딜 수 있을 것 같아?"

"아가씨 저를 믿고 제 말을 들어보세요. 그 누구와도 비교할 수 없는 그분, 아가씨에게 더없이 소중한 그분을 보호하시는 것이기도 하잖아요. 아가씨는 용서받을 수 있을 거예요. 아가씨, 노력하실 만큼 하셨어요. 전하도 뵈었어요. 너무 서두르지 마세요. 아가씨, 그를 사랑하시잖아요."

"그래, 사실이야."

“그럼 어떻게 하실 작정이세요?”

“흔들리면 안 돼. 내 명예를 지켜야 해. 내 고통을 끝내야 해. 그를 고소하고 그를 죽여야 해. 나도 그를 따라 죽을 거야.”

그들의 대화를 숨어서 듣고 있던 돈 로드리그는 더 이상 참을 수가 없었다. 그는 모습을 드러내며 소리쳤다.

“시멘! 고소할 필요도 없소. 자, 그대 손으로 내 목숨을 빼앗으시오.”

시멘은 소스라치게 놀랐다.

“아니, 엘비르! 여기가 도대체 어디야? 내 집이 맞는 거야? 내가 뭘 보고 있는 거지? 로드리그가 내 집에 있다니! 로드리그가 내 앞에 있다니!”

로드리그가 재차 말했다.

“자, 내 피를 아끼지 마시오. 조금도 망설일 필요 없소. 내 죽음으로 복수의 달콤함을 맛보시오.”

시멘은 휘청거리며 말했다.

“아, 가세요. 나는 죽어버릴 것 같아요. 나를 내버려두고 가세요, 제발.”

그러자 로드리그가 칼을 내밀며 말했다.

"자, 이 칼을 바라보시오. 그리고 증오를 키우시오. 분노를 키우고 처벌하시오. 복수하시오."

"아, 아직 아버님의 피로 젖어 있구나! 제발 그 칼을 치워주세요. 아, 그대는 정말 잔인해요. 하루 사이에 아버지는 칼로 직접 죽이고 딸은 그 칼을 보여주어 죽이려 하다니! 당신은 자기를 죽이라면서 나를 죽이고 있어요."

로드리그가 칼을 거두면서 말했다.

"그대가 원하는 대로 하겠소. 하지만 그대 손으로 내 가련한 삶을 끝내고 싶다는 생각에는 변함이 없소. 나는 조금도 후회 안 하오. 나는 당연히 할 바를 했소. 그대 아버지가 존경하는 내 아버지에게 씻기 어려운 모욕을 주었소. 나도 수치심을 느꼈소. 나는 나와 아버님의 명예를 더럽힌 데 대해 복수했소. 또 같은 일이 벌어진다면 똑같이 할 것이오.

하지만 내 고백하리다. 그대를 향한 내 사랑 때문에 망설인 것도 사실이오. 사랑의 힘은 컸소. 복수를 감행해야 할지 치욕을 견디며 살아야 할지 망설이게 만들 정도였으니. 폭력을 거두어야 한다는 생각마저 들게 했소. 그대의 아름다움이 그렇게 저울추를 기울게 한 것이오.

하지만 나는 곧 정신을 차렸소. 명예를 잃은 자는 그대의 사랑을 얻을 자격이 없다는 것을 알았소. 그대는 명예로운 나는 사랑하지만, 불명예스러운 나는 증오하리라는 것을 알았소. 그대를 향한 사랑 때문에 내 명예를 잃는 것은 동시에 그대의 사랑도 잃게 하는 것이오.

나는 그대에게 고통을 주었소. 그러나 내 명예를 지키고 그대에게 어울리는 사람이 되기 위해 그렇게 할 수밖에 없었소. 나는 이제 내 명예에 대해서도, 내 아버님에 대해서도 할 바를 다 했소. 이제 사죄할 대상은 당신뿐이오. 나는 당신에게 내 피를 바치기 위해 이곳에 왔소. 자, 나를 그대 아버지의 피에 제물로 바쳐서 그대의 명예를 찾으시오."

로드리그의 이야기를 들은 시멘은 다시 깊은 한숨을 내쉬었다.

"아, 로드리그. 지금 당신은 나의 적이에요. 그렇지만 당신이 치욕에서 벗어난 것을 비난할 수는 없어요. 난 결코 당신을 비난하지 않아요. 단지 내 불행을 슬퍼할 따름이에요. 저도 명예가 어떤 건지는 알아요. 당신은 정직한 사람의 의무를 다했어요. 하지만 당신은 제 의무가 무엇인지도 가르쳐주었어요.

제게도 지켜야 할 명예가 있고 해야 할 복수가 있답니다.

아, 나를 그토록 행복하게 해주던, 당신을 향한 사랑이 이제는 나를 절망하게 하는군요. 내가 불행에 빠졌을 때 나를 위로해주어야 할 그 사랑이 오히려 나를 괴롭게 하다니! 아버지를 잃은 후에 그 사랑도 잃어야 한다니!

로드리그, 제 말을 들어주세요. 당신은 저를 가르쳐주었어요. 내가 당신을 사랑한다고 해서 그 사랑 때문에 내 복수를 잊어버리리라 기대하지 마세요. 내가 그런 비열한 여자가 된다면 당신을 사랑할 자격이 없어지는 거니까요. 나도 당신에게 어울리는 여자라는 것을 보여주려면 당신에게 복수해야 해요. 당신은 죽어야 해요."

"맞소. 그러니 더 이상 망설이지 마시오. 그대의 명예가 내 머리를 원하니 그대에게 넘겨주겠소. 나는 아주 행복하게 죽을 것이오."

그러자 시멘이 말했다.

"로드리그, 나는 고소인이지 사형집행인이 아니에요. 당신이 머리를 내놓는다고 해서 꼭 제가 잘라야 하나요?"

"시멘, 우리가 서로 사랑하는 만큼 그대의 영혼은 내 영혼과 일치해야 하오. 아버지의 복수를 위해 다른 팔을 빌리지 마시오. 내 팔로 아버지의 복수를 했듯이 그대도 그대의 팔로 아버지의 복수를 하시오."

"잔인한 사람, 무엇 때문에 그렇게 고집을 부리시나요? 자신은 아무런 도움도 받지 않고 복수했으면서 내 복수에는 도움을 주려 하다니! 내 복수에 당신의 사랑이니 절망 같은 것의 도움은 필요 없어요."

"시멘, 그렇다면 동정심으로라도 나를 죽여주오. 사랑하는 여인의 증오를 받고 사느니 차라리 그대 손에 죽는 게 훨씬 덜 고통스러울 것이오."

"그만하세요. 나는 결코 당신을 증오하지 않아요. 가세요. 당신은 내가 잃어야 할 사람이지만 여전히 사랑해야 할 사람이에요. 그 누구의 눈에 띄지 않게 조심해서 잘 가세요. 아, 차라리 내가 아무것도 할 수 없었으면!"

돈 로드리그는 비탄에 젖어 시멘의 집을 나설 수밖에 없었다.

한편 돈 디에그는 백작이 죽은 후 어디론가 사라진 아들 돈 로드리그를 찾아 온 도시를 헤매었다. 하지만 어디에서도 그를 찾을 수 없었다. 그는 백작의 친구나 시종들에게 변을 당한 것이 아닌지, 이미 감옥에 갇힌 것이 아닌지 걱정에 싸여 있었다. 그때 돈 로드리그가 집으로 들어서는 모습이 보였다. 돈 디에그는 너무 반가워 아들의 두 손을 잡았다. 그런데 뜻밖에도 아들의 입에서 한숨이 나오는 것이 아닌가? 그런 아들을 보고 아버지가 말했다.

"아들아, 내 기쁨에 한숨을 섞지 마라. 숨을 돌려 너를 칭찬하게 해다오. 너는 내 능력을 빼닮았고 우리 가문의 영웅들을 그대로 이어받았다. 너는 이제 우리 가문의 기둥이다. 자, 이 뺨에 입 맞추어 그 치욕의 상처를 씻어내라."

그는 백작에게 따귀를 맞은 부분을 아들에게 내밀었다. 돈 로드리그는 그 뺨에 입을 맞춘 후 말했다.

"제가 아버님 자식이기에 저는 모든 명예를 물려받았습니다. 처음으로 발휘한 제 무술로 아버님의 명예를 지킬 수 있게 되어 저는 행복합니다. 그러나 용서해주십시오. 저는 절망하고 있습니다. 아버님의 복수를 위해 저는 사랑에 대항했습니다. 그리고 그 일격에 저는 모든 것을 잃었습니다."

"아들아, 이 세상에 그 무엇보다 소중한 것은 바로 명예다.

너는 내 명예를 회복시켰다. 승리의 깃대를 높이 올려야만 한다. 너의 그 용감한 마음에서 나약함을 지워버려라. 명예는 하나뿐이지만 사랑할 여인은 많다. 사랑은 즐거움에 불과하며 명예는 의무다."

"아, 아버님, 저는 명예를 지키기 위해 저 자신에게 복수를 한 셈인데 이제 변심의 부끄러움까지 강요하시다니요. 신의 없는 연인은 명예롭지 못하거나 용기 없는 전사와 같습니다. 제 성실성을 욕되게 하지 마십시오. 저희는 이런 식으로 끊어지기에는 너무 강한 사랑으로 맺어져 있습니다. 이제 시멘을 떠날 수도, 가질 수도 없기에 저는 죽음을 생각할 수밖에 없습니다."

"알았다. 네 심정과 처지를 이해한다. 하지만 지금은 죽을 때가 아니다. 너의 왕과 너의 나라가 너의 팔을 필요로 한다. 무어 함대가 강을 타고 들어와 도시를 급습하려 하고 있다. 한 시간 후면 우리 성벽에 도달할 것이라는 보고가 있었다. 궁중은 혼란에 빠져 있고 백성들이 모두 놀라고 있다. 전하께 보고하고 병사들을 모을 시간도 없다. 다행히 용감한 전사 500명이 내 집에 모여 싸울 준비를 하고 있다. 가라, 아들아. 네가 그들을 지휘하라. 가서 적들과 싸워라. 죽고 싶거든 그곳에서 아름답게 죽어라. 너의 왕을 위해 죽어라.

아니다. 싸움에서 이기고 개선해라. 이마에 훈장을 달고 개선해라. 네 무훈으로 재판에서 용서를 받아라. 시멘을 사랑한다면 승자가 되어 돌아와라. 그녀의 마음을 되찾는 유일한 방법이다. 자, 시간이 없다. 빨리 달려가라. 전하께 보여드려라. 이제 더 이상 백작이 보여줄 수 없는 용기와 힘을 네가 지니고 있음을!”

4

돈 로드리그는 아버지 집에 집결한 500명의 병사들을 이끌고 항구로 출발했다. 가는 도중에 많은 지원 병사들이 합류해서 항구에 도착했을 때는 3,000명을 헤아릴 수 있었다. 그들의 모습을 보고 공포에 휩싸여 있던 백성들은 안도했고 환호했다.

항구에 도착한 돈 로드리그는 병사들의 삼분의 이를 배에 올라 바닥에 숨게 했다. 나머지 병사들도 모두 땅에 엎드려 적의 눈에 뜨이지 않게 숨어 있었다. 이윽고 밤이 되자 서른 척에 이르는 적 함대가 나타났다. 무어인 병사들은 대적하는 적이 하나도 없는 줄 알고 닻을 내리고 배에서 내리기 시작했다.

그들은 쥐도 새도 모르게 급습이 성공한 것으로 착각했다. 그들은 아무 경계심 없이 뭍으로 오르기 시작했다.

그 순간 돈 로드리고가 신호를 보냈다. 그의 신호로 육지에 매복해 있던 병사들이 일제히 함성을 지르며 일어났다. 그와 함께 배에 숨어 있던 병사들도 일제히 모습을 드러냈다. 무어인 병사들은 단번에 혼란에 빠졌다. 앞뒤로 포위 공격을 받은 것이다. 그들은 싸우기도 전에 패배의 공포에 사로잡혔다. 돈 로드리고의 병사들은 물과 땅에서 이중으로 그들을 공격했다. 곧 무어인 병사들의 피가 개울이 되어 흘렀다.

하지만 무어인 병사들도 용감했다. 정신을 차린 장수들이 병사들을 독려하고 수습했다. 그들은 곧 질서를 되찾고 돈 로드리고의 병사들에게 맞섰다. 곧이어 처절한 전투가 벌어졌다. 전투는 밤새 계속되었다. 돈 로드리고는 정신없이 좌충우돌했다. 그는 병사들은 독려하고 지휘하는 한편 맞서는 적장들을 수 없이 저승으로 보냈다. 처음으로 전투에 나섰음에도 불구하고 침착성을 잃지 않았으며 더없이 용감했다.

이윽고 날이 밝았다. 무어인이 패배했음이 훤히 드러났다. 게다가 카스티야 왕국의 지원군까지 속속 싸움터에 도착했다.

살아남은 무어 병사들은 허겁지겁 배에 올라 도망치기에 바빴다. 그들은 자신들의 왕이 함께 배에 올랐는지 아닌지 살필 겨를도 없이 무질서하게 배를 저어 도주했다.

두 명의 무어인 왕은 얼마 안 되는 병사들과 함께 뭍에 남아 저항했다. 하지만 중과부적이었다. 더 이상 저항해보았자 소용없음을 알고 그들은 항복했다. 승리를 거둔 돈 로드리그는 카스티야 왕국의 왕에게 전령을 보내 소식을 전했다. 돈 로드리그가 승리를 거두고 무어인이 물러갔다는 소식은 곧 왕국 전체에 퍼졌다.

한편 돈 로드리그의 승리 소식을 들은 공주는 시멘을 궁전으로 불렀다. 시멘도 물론 로드리그의 승리 소식을 들었다. 궁정 접견실에서 공주를 기다리며 시멘이 하녀 엘비르에게 말했다.

"엘비르야, 돈 로드리그가 승리했다는 소문이 들리더구나. 잘못된 소문은 아니겠지?"

"아가씨, 사람들이 그분을 얼마나 칭송하는지 정말 못 믿을 정도예요. 무어인은 세 시간 전투 끝에, 침공할 때보다 더 빨리 물러갔답니다. 돈 로드리그 님은 두 명의 왕을 포로로 잡았고요. 그분의 용기 앞에는 그 어떤 장애물도 없었답니다."

"정말이니? 이 놀라운 소식을 너는 어디서 들었니?"

"백성들이 온통 그 이야기만 하고 있답니다. 모두 입을 모아 돈 로드리그 님을 칭송하고 있어요. 그들은 그를 수호신이며 해방자라고 부르고 있어요."

"전하께서는? 전하께서는 돈 로드리그를 어떻게 생각하고 계신지 들은 게 있니?"

"도련님은, 아니 이제는 장군님이라고 해야 하겠네요, 장군님은 아직 전하를 뵙지 못했어요. 돈 디에그 님이 사슬에 묶인 무어인 왕들을 전하께 데리고 가셨답니다. 그리고 돈 로드리그 님의 공적을 말씀드렸지요. 돈 디에그 님은, 돈 로드리그 님이 나라를 구했으니 전하께서 그를 만나주시기를 간청하셨답니다. 그가 지은 죄를 용서해달라는 뜻이었지요."

"엘비르야, 그가 어디 다친 곳은 없다더냐?"

"그런 말은 못 들었어요. 아가씨, 얼굴이 창백하시네요. 기운을 차리세요."

"아, 약해진 내 분노를 다시 가다듬어야 해. 내가 그를 걱정하다니! 그럴 정도로 내 처지를 잊어버리다니! 사람들이 칭찬하고 찬양한다고 내 마음도 따라 하다니! 엘비르야, 나는 내 명예를 잊으면 안 돼. 내 의무가 약해지면 안 돼. 오, 사랑이여, 침묵하라. 내 분노를 일깨워 다오. 그가 두 왕을 정복했더라도 그는 내 아버지를 죽였어. 그에 대해 온 백성이 흥분한다 하더라도 내가 입고 있는 이 상복이 그의 죄를 말해주고 있어. 아, 상복이여, 그의 죄의 증거들이여, 내 사랑에 대항하여 내 의무를 일깨워 다오."

"아가씨, 흥분을 가라앉히세요. 공주님께서 오고 계셔요."

공주는 시멘을 보자마자 말했다.

"시멘, 네 고통을 위로해주기 위해 널 보자고 한 게 아니다. 오히려 내 한숨을 너의 눈물과 섞기 위해 부른 거란다."

공주가 돈 로드리그를 사랑한다는 것을 알 리 없는 시멘은 무슨 말인지 알아들을 수 없었다. 그녀는 공주에게 말했다.

"공주님, 한숨을 쉬시다니요? 공주님은 만인의 즐거움과 함께 하셔야 하지 않나요? 공주님, 저 말고는 아무도 슬퍼할 권리가 없어요. 로드리그가 세운 위대한 업적은 오로지 제게만 눈물을 허락하니까요."

"시멘, 그가 기적적인 업적을 이룬 것은 사실이야."

"제 귀에도 이미 그 소문이 울렸답니다. 그는 용감한 전사일 뿐 아니라 불행한 연인이라고 모두들 말하고 있습니다."

"그런 백성들의 말을 너는 왜 그리 거북해하는 거니? 그 용감한 전사가 이전에 너를 그렇게 기쁘게 했고 너의 마음을 차지하고 있었잖아. 그의 용맹을 찬양하는 것은 곧 너의 선택이 옳았다는 것을 증명해주는 건데."

"아, 공주님, 왜 저를 또 괴롭히시나요? 그가 큰 공을 세우고 찬양을 받을수록 제 사랑도 커진답니다. 하지만 제 의무는 사랑보다 훨씬 커요. 제 사랑에도 불구하고 저는 그의 죽음을 요구할 거예요."

"시멘아, 나의 우정으로 해주는 충고를 들어줄 수 있겠니? 너는 내 친구나 마찬가지니까."

"공주님께 복종하지 않는다면 죄인이 되겠지요."

"로드리그는 이제 이 나라의 기둥이야. 백성들은 그를 숭배해. 그는 백성들의 희망이자 사랑이야. 그는 카스티야의 옹호자이고 무어인에겐 공포의 대상이지. 사람들은 그의 모습에서 네 아버지의 모습을 보고 있어. 그를 네 아버지가 소생한 것으로 여기고 있어.

시멘아, 간단하게 말할게. 그를 죽인다는 건, 그 모든 사람들의 희망을 없애는 거야. 그래, 아버지의 복수를 위해 적의 손에 조국을 넘겨주는 일을 하겠다는 거니? 나는 네가 그를 용서하고 남편으로 받아들이기를 요구하는 게 아냐. 네가 모든 너의 소망에서 벗어났으면 해. 네 사랑에서도 벗어나고, 그를 죽이겠다는 생각에서도 벗어나길 바라. 그의 생명은 우리에게 맡겨."

"아, 공주님, 제가 감히 용기를 내어 끝까지 밀고 나가더라도 용서해주세요. 공주님, 저는 그럴 수 없어요. 제 생각과는 반대로 제 마음이 그에게 기울어도, 백성들이 그를 존경하고 전하께서 그를 감싸시더라도 저는 제가 입고 있는 상복의 명령에 따르겠어요."

"그래, 아버지의 복수를 위해 그 어떤 일도 하겠다는 것, 그것도 용기일 거야. 하지만 나라를 위해 가문의 이익을 희생하는 것도 용기에 속해. 고귀한 신분의 사람은 그 용기를 가져야 해. 시멘아, 너의 마음속 사랑의 불꽃을 끄기만 하면 돼. 그가 네 마음속에서 사라지는 것, 그것만으로도 그는 충분히 벌을 받는 거야. 더구나, 네가 끝까지 고집을 부리더라도 전하께서 네 청을 들어주시리라 생각하니?"

"제 요구를 거부하실 수는 있지만 제 입을 다물게 하실 수는 없습니다. 아버님이 돌아가신 이상, 선택의 여지는 없습니다."

공주는 시멘에게 혼자서 잘 생각해보라며 방을 나섰다. 시멘도 엘비르와 함께 궁에서 나왔다.

한편 어전에서는 왕이 대신들과 자리를 함께하고 있었다. 승리 보고를 들은 왕이 대신들을 소집한 것이었다. 그 자리에는 돈 로드리그도 있었다. 왕이 돈 디에그의 청을 받아들여 돈 로드리그를 부른 것이었다. 왕이 온 얼굴에 기쁨을 띠고 말했다.

"그대 카스티야의 기둥이었던 가문을 이어받은 자여, 그대가 세운 공이 너무 크기에 그 빚을 갚을 방법이 떠오르지 않는구나. 내가 우리 병사들을 동원하기도 전에 무어인을 물러가게 하다니! 포로로 잡힌 무어 왕들이 그대의 용맹에 감탄해서 내 면전에서 그대를 시드라고 불렀다. 그들의 언어로 시드는 전하와 같은 뜻이다. 그들이 그대를 자신들의 군주처럼 존경한다는 뜻이다. 내, 그 아름답고 명예로운 칭호를 그대에게

「푸이그 전투 Batalla del Puig」

독일 출신 화가 안드레아스 마르잘 데 사스의 1410~1420년경 작품. 1237년 아라곤 왕국의 발렌시아 정복 전쟁을 묘사했다. 이베리아 반도에서 벌어진 무슬림 무어인의 국가 알안달루스와 기독교 왕국들 간의 대결은 레콩키스타(Reconquista, 재정복 또는 국토 회복 운동)라고 부른다. 718년부터 1492년까지 이베리아 반도 북부의 로마가톨릭 왕국들이 이베리아 반도 남부의 무어인 이슬람 국가를 몰아내고 영토를 되찾는 과정을 가리킨다. 11세기 알폰소 6세 시절 카스티야 왕국을 침공한 무어인은 모로코 지역에 위치했던 모라비트 왕국 군대다. 1086년 사그라자스 전투를 비롯해 알폰소 6세의 카스티야는 무어인 군대에 여러 번 패배했다. 당시 유일한 승리는 1094년 엘시드가 발렌시아에서 무어인 군대를 물리친 것이었다.

내린다. 앞으로 그대는 시드가 되어라. 그 위대한 이름 앞에 모든 것을 굴복시켜라. 모두 그 이름을 두려워하게 하라. 이 왕국의 모든 백성들에게 그대가 내게 얼마나 소중한가를 알게 하라. 과인이 그대에게 빚진 것을 알게 하라."

"전하, 제 부끄러움을 용서해주시기 바랍니다. 제가 드린 하찮은 봉사에 대해서 이렇게 크나큰 명예를 내리신다니 얼굴을 붉힐 수밖에 없습니다. 저는 전하와 이 왕국을 위해 제 목숨을 바쳐야한다는 것을 잘 알고 있습니다. 그 목적을 위해 제가 지닌 모든 것을 다 잃는다 하더라도 다만 신하로서의 도리를 다한 것일 뿐입니다."

"장하다. 과인에게 봉사하는 사람들이 모두 그대와 같은 용기를 보일 수 없다는 것을 과인은 잘 알고 있다. 내가 그대를 칭송하는 것은 그 때문이다. 자, 내가 듣고 싶으니 그대가 어떻게 적들을 물리쳤는지 소상히 말해다오."

"전하, 전하께서도 아시다시피 사태가 아주 급박했습니다. 제 아버지 집에 모인 친구들도 모두 상황이 급하다는 것을 알았습니다. 전하, 전하의 허가 없이 감히 그 친구들을 동원하여 싸움터로 나간 것에 대해 무례함을 용서해주시길 간청합니다.

위험은 다가오고 있었고 제가 궁중에 나타나면 제 목숨이 위험에 빠질 수밖에 없었습니다. 시멘이 저를 살인자로 고소했기 때문이옵니다. 시멘의 고통을 달래기 위해 죽는 것보다는 나라를 지키기 위해 목숨을 던지는 것이 더 낫다고 생각했습니다."

"그대 아버지가 받은 모욕에 대한 그대의 복수를 과인은 용서하마. 구원받은 이 나라 전체가 그대를 변호하고 있다. 이제 시멘이 아무리 간청해도 소용없음을 모두 알아라. 내가 이제부터 그녀에게 들려줄 것은 위로의 말뿐이다. 자, 어서 전투에 대해 말해보라."

로드리그는 왕에게 병사들을 이끌고 항구로 갔던 일부터 무어인 왕들이 항복하기까지의 전투 과정을 소상히 설명했다. 왕은 얼굴에 미소를 띠고 그의 말을 경청했으며 대신들도 모두 감탄했다.

로드리그의 이야기가 끝났을 때였다. 돈 알론스가 왕에게 고했다.

"전하, 시멘이 재판을 청구하러 왔습니다."

왕이 눈살을 찌푸리며 말했다.

"거 참, 난처한 일이로군."

그러더니 왕은 돈 로드리그에게 말했다.

"그대는 물러가라. 그녀가 이런 상황에서 그대와 맞닥뜨리게 하고 싶지 않구나. 자, 물러가기 전에 이리 오너라. 왕이 포옹해주마."

왕이 돈 로드리그를 포옹하자 돈 로드리그는 예를 표한 후 물러갔다. 시멘이 들어오기 전에 돈 디에그가 왕에게 말했다.

"시멘이 그를 고발했지만, 아마 속마음은 그를 구하고 싶을 것입니다."

"과인도 그녀가 그를 사랑한다는 것을 잘 알고 있소. 내 시험해볼 작정이오. 자, 경은 어서 슬픈 표정을 지으시오."

잠시 후 시멘이 어전으로 들어왔다. 왕이 그녀를 보고 말했다.

"시멘아, 이제 만족해라. 모든 것이 네가 바라는 대로 되었다. 로드리그가 우리의 적을 물리쳤지만 부상을 당해 우리 눈앞에서 죽었다. 그러니 너를 대신해 복수해 준 하늘에 감사하라."

시멘의 안색이 변했다. 왕은 옆에 있는 돈 디에그에게 속삭였다.

"저 보시오. 벌써 안색이 변하는구려."

그 순간 시멘이 그 자리에서 쓰러졌다. 돈 디에그가 왕에게 말했다.

"전하, 그녀가 기절했습니다. 그녀가 제 아들을 얼마나 사랑하는지 여실히 보여주었습니다. 그녀 영혼의 비밀이 드러났습니다. 그녀의 사랑은 이제 의심할 바가 없습니다."

잠시 후 시멘이 깨어났다. 그녀는 깨어나자마자 외쳤다.

"전하, 로드리그가 죽었다고요!"

그러자 왕이 말했다.

"아니다, 그는 살아 있다. 너에 대한 변치 않는 사랑을 간직하고 있으며, 너는 그를 갖게 될 것이다. 그러니 기뻐해라."

시멘은 한숨을 내쉬며 왕에게 말했다.

"전하, 사람은 큰 슬픔을 맞이해도 정신을 잃지만 기쁜 일에도 그렇게 되는 법입니다. 지나친 기쁨이 우리의 기운을 빼앗고 감각을 마비시키기 때문입니다."

"너는 우리 모두를 바보로 만들고 있구나. 그런 걸 우리보고 믿으라고? 너는 우리 모두에게 슬픔을 보였다."

"그렇다면 전하, 솔직히 말씀드리겠습니다. 저는 고통이 너무 큰 나머지 기절한 것이 맞습니다. 큰 슬픔으로 정신을 잃은 것이 맞습니다. 그의 죽음이 저를 절망시켰기 때문입니다. 만일 그가 나라를 위해 싸우다 죽었다면 제 모든 계획은 수포로 돌아갔을 것입니다.

그가 그토록 아름답게 죽도록 내버려둘 수 없습니다. 그런 결말은 너무 부당합니다. 저는 그의 죽음을 요구합니다. 하지만 영광스러운 죽음이 아닙니다. 광채 속에서 빛나는 죽음이 아닙니다. 명예로운 전쟁터에서의 죽음이 아닙니다. 교수대에서의 죽음을 원합니다.

조국을 위해서가 아니라 제 아버지를 위해서 그의 목숨을 거두어 주십시오. 그의 이름이 더럽혀지고 그의 명성이 시들게 해주십시오. 그가 승리한 것이 저는 너무 기쁩니다. 제게 제물을 온전히 돌려주었기 때문입니다. 월계관을 쓴 가장 고상한 제물을! 그런 고상한 제물이라야 제 아버지의 영혼에 바칠 자격이 있습니다.

아, 하지만 전하, 저는 이제 눈물을 흘릴 수밖에 없습니다. 제게는 아무 희망이 없습니다. 전하의 나라 전체가 그의 피난처이며 전하의 권력이 그를 보호해주고 있습니다. 정의는 쏟아진 핏속에서 질식해버리고 저는 패자가 되어 승자의 마차

뒤를 따를 수밖에 없습니다."

왕이 애처로운 눈길로 시멘에게 말했다.

"얘야, 너무 과한 말을 하고 있구나. 내가 판결을 내릴 때는 모든 것을 저울질한다. 누군가 네 아버지를 죽였다. 하지만 네 아버지가 먼저 도발을 한 장본인이다. 나는 공평해야 하기에, 섣불리 판단하지 않는 거다. 내가 너무 온건하다고 나를 비난하기 전에 네 마음에 물어보아라. 로드리그가 네 마음의 주인임을 알게 될 것이다. 네 마음의 주인을 잘 보호해주는 과인에게 네 마음속 사랑이 깊이 감사하고 있을 것이다."

시멘이 여전히 왕에게 항거했다.

"저를 위해 그를 보호하신다니요! 원수를요! 제 분노의 대상을! 제 불행의 장본인을! 제 아버지를 죽인 자를! 제 말은 듣지 않으시고 제게 은혜를 베푸신다고 믿으시다니요! 전하, 제 눈물에 대해 판결을 거부하시니, 무력에 호소하도록 허락해주십시오. 무력으로 그가 저를 분노케 했으니 저 또한 무력으로 복수해야 합니다. 전하의 모든 귀족에게 그의 머리를 요구합니다. 누구라도 그의 머리를 가져오면 저는 승리의 전리품이 되겠습니다. 저는 그와 결혼하겠습니다. 전하의 허락 하에 공표하도록 허락해주십시오."

왕이 탄식했다.

"아, 시멘아, 정말로 그래야만 한다는 거냐? 갈 데까지 가자는 거냐? 부당한 폭행을 처벌한다는 구실로 오랫동안 이어져 온 이 나라의 관습이 최고의 투사들로 이루어진 이 나라를 약하게 만드는구나. 참으로 통탄할 만한 악습이로다. 때때로 죄 없는 자를 죽게 만들고 죄 있는 자를 옹호하는구나. 시멘아, 나는 로드리그의 죄를 면해주었다. 그는 이 나라에 너무 귀한 존재다. 그를 변덕스러운 운명의 장난에 맡길 수 없다. 고결한 그가 무슨 죄를 지었든 간에 그의 죄는 도망친 무어인이 이미 가져가버렸다."

그때 돈 디에그가 나서며 말했다.

"전하, 아니 되옵니다. 모든 궁정이 수없이 지켜온 계율을 전하께서 뒤집으시다니요! 전하의 보호 아래 그가 생명을 부지할 수는 없습니다. 전하, 결투의 자리는 명예로운 사람이 아름다운 죽음의 장소를 찾는 자리입니다. 전하의 보호를 받아 그가 그 장소에 나타나지 않는다면 백성들은 어떻게 생각할 것이며 험담하는 자들은 뭐라고 하겠습니까? 전하, 그의 명예를 훼손할 분부를 거두어주십시오. 제 아들이 아무 부끄럼 없이 승리의 결실을 맛보게 해주십시오. 백작은 거만했고, 제 아들이 그를 처벌했습니다. 용기와 용맹으로 행한 일들입니다. 제발 그의 용맹을 잃지 않게 해주시기 바랍니다."

왕이 말했다.

"돈 디에그 경, 그대가 청하니 내 허락하오. 하지만 시멘이 자신을 전리품으로 내놓았으니 궁내 모든 귀족이 기꺼이 그의 적이 되려 할 것이오. 결투는 끊임없이 이어질 것이오. 그 혼자서 모든 사람과 대적하는 것은 너무 부당하오. 결투는 단 한 번으로 제한하겠소. 자, 시멘, 원하는 자를 택하라. 이 결투가 끝나면 더 이상 아무것도 요구하지 마라."

돈 디에그가 다시 나서며 말했다.

"전하, 전하의 뜻을 받들겠습니다. 시멘도 따를 것입니다. 하지만 전하, 전하께서 결투를 허락하셨지만 아무도 결투에 나서지 않을 것입니다. 로드리그의 힘을 모두 알게 되었는데 감히 누가 그와 맞서려 하겠습니까? 누가 그런 무모한 짓을 하겠습니까?"

바로 그때 돈 상슈가 앞으로 나섰다.

"전하, 결투 장소를 마련해주십시오. 전하 앞에 바로 도전자가 서 있습니다. 제가 바로 그 무모한 사람입니다. 아니, 용감한 사람입니다."

그는 시멘을 향해 말했다.

"아가씨, 아가씨가 약속한 것을 잊지 마십시오."

그러자 왕이 시멘에게 말했다.

"시멘, 결투를 돈 상슈 손에 맡기겠느냐?"

"전하, 그렇게 하겠습니다. 그리고 저는 약속을 지킬 것입니다."

왕이 명령했다.

"그럼 내일 결투 준비를 하여라."

그러자 돈 디에그가 다시 나섰다.

"아닙니다, 전하. 내일로 미룰 필요가 없습니다. 용기가 있는 자는 항상 준비가 되어 있는 법입니다."

"전쟁터에서 나오자마자 곧바로 또 싸움에 나서다니!"

"전하, 로드리그는 전하께 보고를 드리면서 이미 숨을 돌리고 원기를 회복했습니다."

"알았소. 하지만 적어도 한두 시간은 그가 휴식하기를 원하오. 과인은 이 결투가 남들에게 본보기가 될 것이 걱정이오. 내 마음에 들지 않는 방식을 마지못해 허락한 것이오. 그런 내 마음을 백성들과 신하들에게 알리기 위해 과인은 물론 궁중의 신하 그 누구도 참관하지 않을 것이오."

왕은 돈 아리아스에게 말했다.

"그대 혼자 결투에 참관한 후 판단하시오. 둘 다 공정하게 싸울 수 있게 하시오. 싸움이 끝나면 곧바로 승자를 내게 데려오시오. 내 손으로 그를 시멘에게 넘겨주리다. 그 보상으로 그는 시멘과 결혼하게 될 것이오."

시멘이 왕에게 말했다.

"전하, 그것은 제게 너무 가혹한 벌을 내리시는 것입니다."

"또 불평하는구나. 하지만 네 마음속 사랑은 불평하지 않고 있음을 과인은 잘 안다. 만일 로드리그가 승자가 되더라도 저항 없이 받아들여라. 나는, 둘 중 누가 되든 그를 네 남편으로 삼을 것이다."

시멘은 더 이상 대꾸할 수 없었다. 그녀는 궁정을 나와 집으로 갔다.

5

왕으로부터 결투 명령을 받은 돈 로드리그는 돈 상슈와 싸워 이기고 싶지 않았다. 그와 이긴다 해도 시멘은 결코 그를 받아들이지 않을 것이 뻔했다. 그는 차라리 그의 손에 죽는 것이 나으리라 생각했다. 그는 시멘에게 마지막 작별을 고하려고 그녀의 집으로 갔다.

그의 모습을 보자마자 시멘이 고함을 질렀다.

"아니, 로드리그, 대낮에 내 집에 오다니! 이렇게 뻔뻔할 수가 있나요? 가세요. 제 명예를 이렇게 떨어뜨릴 수가 있나요? 제발 돌아가세요."

돈 로드리그가 말했다.

"갈 것이오, 시멘. 나는 이제 죽으러 갈 것이오. 마지막으로 그대에게 인사하러 왔소. 그대를 향한 사랑 때문에 그럴 수밖에 없소."

"죽으러 가다니요?"

"그렇소. 내 그대를 사랑하기에 그대가 아버지의 복수를 하도록 돕고 싶을 뿐이오."

"죽으러 가다니요? 돈 상슈가 그렇게 두려운가요? 누가 당신을 이렇게 약하게 만들었지요? 로드리그가 싸우러 가면서 자신은 이미 죽은 몸이라고 생각하다니요! 무어인도, 내 아버지도 두려워하지 않던 사람이! 돈 상슈와 싸우러 가면서 이미 절망하다니요! 무엇 때문에 용기가 꺾인 거지요?"

로드리그가 대답했다.

"나는 처벌받으러 가는 거지 싸우러 가는 게 아니요. 그대가 내 죽음을 원하니 내 생명을 보호하려는 나의 자연스러운 욕망도 누를 수 있소. 그대를 향한 사랑 때문이오. 내 용기는 언제나 똑같소. 하지만 그대 마음에 들지 않는 짓을 하기 위해 그 용기를 발휘하고 싶지 않소.

어제 무어인과의 전투에서 나는 나 혼자가 아니었소. 전하와 백성을 위해서 내 목숨을 아낀 것이오. 내가 죽으면 그들을 배반하는 일이 되었을 것이오.

하지만 지금은 다르오. 내 목숨은 순전히 나 개인의 것이오. 그대가 내 죽음을 원하니 순순히 받아들이겠소. 그대가 다른 사람의 손을 택했으니 나는 그대 손에 죽을 자격조차 잃고 말았소. 그의 일격을 막지 않겠소. 그의 칼날은 바로 당신의 칼날이기 때문이오. 그는 그대를 위해 싸우는 것이니 나는 그를 존경하며 죽어가겠소."

"당신이 사랑 때문에 무방비로 죽는다면 당신은 생명뿐 아니라 명예도 잃는 거예요. 당신은 나보다도 명예를 더 소중하게 여기지요. 당신은 명예 때문에 당신 손을 내 아버지의 피로 적셨어요. 나를 사랑하면서도 나를 포기한 거지요. 그런 당신이 싸우지도 않고 목숨을 내놓아요? 결투에서 진 사람이 돼요? 여기 내 눈앞에 명예를 하찮게 여기는 사람이 있군요. 어떤 변덕이 당신의 용기를 삼켜버렸나요? 그 용기는 다 어디로 갔어요? 내게 슬픔을 줄 때만 필요했던 용기인가요? 나를 모욕할 때만 필요한 용기인가요? 아버지를 이겼으면서도 다른 사람에게는 진단 말인가요? 아버지를 더 욕되게 할 작정인가요? 안 돼요. 더 이상 살고 싶지 않더라도 명예는 지키세요."

돈 로드리그는 결심을 꺾지 않았다.

"내 명예는 이미 충분히 지켰소. 백작님의 죽음으로 이미 증명되었소. 무어인을 물리침으로써 이미 충분히 증명되었소. 사람들은 모두 알고 있소. 내 용기와 능력으로 무엇이든 할 수 있음을. 내 명예를 지키기 위해서는 무엇이든 할 수 있음을. 내가 이 결투에서 죽는다 하더라도 나는 명예를 잃지 않을 것이오. 용기가 부족했다는 비난을 받지도 않을 것이며 패했다고 비웃지도 않을 것이오. 사람들은 단지 이렇게 말할 것이오.

'그는 시멘을 사랑했다. 그는 살아남아 그녀의 증오를 받기를 원하지 않았다. 사랑하는 연인이 그의 죽음을 원하는, 그 가혹한 운명을 받아들였다. 그는 명예를 지키기 위해 사랑을 잃었고 연인의 복수를 위해 생명을 버렸다. 그는 시멘보다는 명예를 택했고, 자신의 목숨보다도 더 시멘을 사랑했다.'

시멘, 내가 이 싸움에서 죽는다면 오히려 영광이 더해질 것이오."

"좋아요. 당신이 당신의 목숨과 명예를 그렇게 하찮게 여기신다면 막을 수 없어요. 하지만, 로드리그, 나와 돈 상슈를 떼어놓기 위해서라도 싸우세요. 내가 싫어하는 사람에게 가는 것을 막기 위해서라도 싸우세요. 만일 예전에 진정으로 나를 사랑했다면 저를 보상으로 내건 이 싸움에서 승자가 되세요. 아, 더 이상 내 얼굴이 붉어지기 전에 제발 가세요. 제발 승자가 되세요."

시멘의 말을 들은 로드리그는 기쁨으로 가슴이 벅차오르는 것을 막을 수 없었다.

'그래, 누구든 오라. 이제 내가 물리치지 못할 적은 없다. 이 세상 전체가 힘을 합해 내게 대항한다 하더라도 나 혼자 대적하리라.'

한편 로드리그를 연모하고 있는 공주는 여전히 번민에서 빠져나오지 못했다. 공주가 지녀야 할 자부심과 로드리그를 향한 사랑이 양쪽에서 그녀를 괴롭혔다. 공주는 '그래, 시드라는 호칭을 받은 그는 자격이 충분히 있어. 무어인의 두 왕을 정복한 그는 왕이나 다름없어'라고 생각하며 욕망을 키우기도 했으며, '아냐, 그는 시멘에게 매여 있어. 시멘은 그를 고소했지만 마지못해 그랬을 뿐이야. 내게는 더 이상 희망이 없어'

라고 생각하며 한숨을 내쉬기도 했다.

공주가 홀로 생각에 잠겨 있을 때 레오노르가 그녀의 방으로 들어섰다.

공주가 레오노르에게 말했다.

"웬일이야, 레오노르?"

"공주님이 이제 고통에서 벗어나셔서 마음의 안정을 찾으셨길 바라며 온 거랍니다."

"고통이 극에 달했는데 무슨 안정이 찾아오겠느냐?"

"공주님, 사랑은 희망과 함께 살고 희망이 사라지면 함께 죽는 법입니다. 로드리그는 이제 더 이상 공주님의 마음을 끌 수 없어요. 그는 이번 결투로 죽든지, 시멘의 남편이 되어야 하지요. 공주님의 희망은 사라졌으니 사랑도 사라지고 영혼의 휴식을 찾으실 수 있겠지요."

"아니야, 아직도 멀었어. 그래도 고통은 끝나지 않아."

"더 이상 무엇을 바라시는 것인가요, 공주님."

"나는 공주야. 내가 계략을 세우면 얼마든지 다른 방향으로 결과를 이끌 수 있어. 로드리그가 이겨도 시멘에게 가지 못하게 할 수 있어."

"공주님, 아버지의 죽음으로도 그들 사이의 사랑의 불길을 끄지 못했는데 공주님이 무슨 일을 하실 수 있으시겠어요? 보세요. 그녀는 결투 상대로 돈 상슈를 택했어요. 그는 칼을 칼집에서 뽑아본 적도 없는 사람이에요. 그녀는 정말로 로드리그를 죽이고 싶은 게 아니에요. 의무감에서 이 결투를 왕께 간청한 거랍니다. 그녀는 로드리그가 손쉽게 이기길 바라고 있어요."

"레오노르, 나도 그건 잘 알고 있어. 아, 나는 어떻게 해야 하지?"

"공주님, 공주님이 누구 자식으로 태어났는지 다시 한 번 잘 생각해 보세요. 왕은 하늘이 내려주신 자리인데 신하를 사랑하시다니요?"

공주는 한동안 생각에 잠겨 있었다. 그녀는 고결한 영혼의 소유자였다. 마침내 그녀는 결심한 듯 말했다.

"그래, 레오노르, 네 말대로 마음의 안정을 찾으려 애쓸 거야. 하지만 네 말대로 내가 공주고 그가 신하이기 때문은 아니야. 내가 이끌리는 사람은 이미 평범한 귀족이 아니야. 나는 신하인 로드리그를 사랑하는 게 아니야. 그는 아름다운 무훈을 세웠어. 그는 두 왕의 주인, 르시드야. 내게 합당한 사람이야. 하지만 나는 자제하겠어. 비난이 두려워서가 아니야. 그토록 아름다운 사랑을 깨뜨리지 않기 위해서야. 그가 왕관을 얻는다 하더라도 나는 그를 포기할 거야. 내가 주었던 보물을 다시 찾고 싶지 않아. 그건 비겁한 짓이야. 시멘에게 그를 준 게 바로 나야. 그들을 맺어준 게 바로 나야. 나는 진정으로 그를 사랑하지만 그들을 갈라놓을 수는 없어. 레오노르, 이번 결투에서 틀림없이 그가 이길 거야. 그를 다시 한 번 시멘에게 돌려보내자. 레오노르, 내 가슴을 관통한 사랑의 화살을 본 사람은 너밖에 없어. 나 혼자 시작했으니 나 스스로 끝을 내야 해."

한편 시멘은 집에서 초조하게 결투의 결과를 기다리고 있었다. 그녀가 엘비르에게 말했다.

"엘비르, 너무 고통스러워. 어떤 결과가 나오더라도 나는 울 수밖에 없어. 아버지 복수를 못하거나 내 연인이 죽겠지."

"아가씨, 다르게 생각하세요. 어느 쪽이든 아가씨는 위로받으실 거예요. 사랑을 얻거나 복수를 하게 되겠지요. 아가씨의 명예를 지켜주거나 남편을 주시겠지요."

"뭐라고? 증오의 대상을! 아니면 분노의 대상을! 로드리그의 살해자나 아버지의 살해자를 받아들이라고! 아, 차라리 사랑이여, 복수여, 모두 사라져라. 오, 신이시여, 둘 중에 승자도 패자도 없이 이 싸움을 끝내주십시오."

"아가씨, 왜 그렇게 자신에게 엄격하세요? 이 결투로 모든 것을 끝내세요. 이 결투로 아가씨 연인이 죽는다면 아가씨는 새로운 처벌을 받는 셈이에요. 연인이 죽는다고 아버지가 돌아오시나요? 단 한 번의 불행으로 아직도 부족하신가요? 아가씨, 그렇게 성미를 부리시면 아가씨는 돈 로드리그를 받아들일 자격이 없어요. 하늘도 지쳐서 그를 죽이고 돈 상슈를 아가씨 남편으로 남겨놓을 거예요."

"엘비르, 그런 소리로 나를 또다시 고통에 빠지게 하지 마. 지금 받는 고통만으로도 충분해. 그럴 수만 있다면 둘 다 모두 피하고 싶어. 어쩔 수 없이 한 명을 택해야 한다면, 엘비르, 돈 로드리그여야 해. 그를 향한 열정 때문이 아니야. 그가 패한다면 나는 돈 상슈에게 가야 해. 그건 정말 두려워. 그보다는 차라리 돈 로드리그가 나아. 그런데 저게 누구지? 오, 하느님 맙소사!"

순간 그녀는 놀라서 기절할 것 같았다. 손에 칼을 들고 돈 상슈가 나타난 것이다.

돈 상슈가 시멘에게 칼을 내밀며 말했다.

"아가씨, 아가씨에게 이 칼을 바치려고 가져왔습니다."

"뭐라고요? 아직 로드리그의 피에 젖어 있는 칼을? 이런 잔인한 사람! 내가 가장 사랑했던 사람을 빼앗아 가고서도 감히 내 앞에 나타나다니! 오, 이제 더는 내 사랑을 감출 이유도 없다. 더 이상 두려울 것이 없다. 이제 아버지도 만족하셨으니 더는 억누를 것도 없다. 오, 절망에 빠진 내 영혼아! 오, 내 사랑 로드리그!"

돈 상슈가 울부짖는 그녀를 진정시키려 했지만 소용이 없었다. 그가 무슨 말을 하려 하자 시멘이 다시 부르짖었다.

"아직 할 말이 더 있어요? 내가 사랑하는 영웅의 목숨을 빼앗은 자가? 가세요. 당신은 분명 속임수를 써서 이긴 거예요. 그가 당신 같은 이의 칼에 쓰러지지는 않았을 거예요."

엘비르가 그의 말을 들어보자고 했지만 시멘은 이미 정신이 반쯤 나가 있었다.

"오, 소중한 내 연인이여. 내 가혹함을 용서해주오. 당신 피로서 내 아버지의 복수를 이루었다면 당신의 복수를 위해서는 제 피를 다 흘리겠어요. 돈 상슈, 그를 죽였으니 나를 얻었다고 생각하지 마세요. 내게 아무것도 바라지 마세요. 그대는 내 원수를 갚은 게 아니라 내 생명을 빼앗은 거니까요."

돈 상슈가 어쩔 줄 모르고 겨우 한마디 했다.

"어찌 내 말은 듣지도 않고……."

"무슨 말을 들으라는 거예요. 그를 죽인 얘기를 자랑스럽게 늘어놓으려고요? 그의 불행을 내가 한가롭게 들을 수 있을 것 같아요? 그 이야기로 당신 눈앞에서 내 목숨을 끊어놓으려고 하는 건가요? 가세요. 그런 도움 필요 없어요. 나 혼자 죽을 수 있어요. 그게 내 연인에게 복수하는 길이에요. 내 연인의 복수에 남의 도움을 받고 싶지 않아요."

그녀가 하도 사납게 몰아치는 바람에 돈 상슈는 아무 말도 못 하고 물러나올 수밖에 없었다.

이곳은 궁정, 옥좌에 앉은 왕 앞에 신하들이 늘어서 있었다. 시멘이 왕에게 간청할 것이 있다며 왕을 뵙기를 청했기에 왕이 신하들을 소집한 것이었다.

왕 앞에 엎드려 시멘이 말했다.

"전하, 오랫동안 감추기 위해 애썼던 것을 이제 전하께 모두 말씀드리겠습니다. 저는 돈 로드리그를 사랑했습니다. 저는 아버지의 복수를 위해 제 소중한 사람에게 형벌을 내리고 싶었습니다. 제 의무로 제 사랑을 누르려 했습니다. 결국, 돈 로드리그는 죽었고 제 의무는 이제 끝이 났습니다. 이제 저는 그의 연인으로 남았을 뿐입니다. 이제는 제 사랑이 죽은 데 대해 애통해할 뿐입니다. 전하, 법대로 한다면 저는 승자인 돈 상슈에게 가야 합니다. 하지만 전하, 저를 동정하신다면 그 법을 거두어 주십시오. 제게서 사랑하는 이를 빼앗아간 승리의 보상으로 그에게 제 전 재산을 넘겨줄 테니 저를 놓아주시길 간청하옵니다. 신성한 수도원에서 마지막 숨을 거둘 때까지 아버지와 연인을 끊임없이 애도하도록 허락해주십시오."

시멘의 이야기를 들은 왕이 얼굴에 미소를 띠고 말했다.

"시멘, 네가 뭔가 잘못 알고 있구나. 네 연인은 죽지 않았다. 결투에 진 것은 바로 돈 상슈다. 그가 네게 말을 잘못 전한 것 같구나."

그러자 돈 상슈가 앞으로 나서며 말했다.

"전하, 제가 그녀를 속인 게 아닙니다. 그녀가 지나치게 흥분하는 바람에 제대로 이야기를 못 한 것뿐입니다. 돈 로드리그는 저를 제압한 후 제게 이렇게 말했습니다. '시멘을 위해 위험을 무릅쓴 이의 피를 보고 싶지 않소. 나는 의무 때문에 전하께 가야 하오. 나를 대신해 그녀에게 가서 결과를 말하시오. 그녀의 발밑에 당신의 생명과 칼을 바치시오.'

저를 본 그녀는 이 칼 때문에 제가 승자라고 믿었습니다. 제가 자세히 말을 하려고 했지만, 너무 격정에 사로잡혀 있어서 아무 말도 할 수 없었습니다. 비록 저는 졌지만 완전한 사랑을 제가 직접 볼 수 있었기에 행복합니다. 그 사랑을 제가 마무리 지을 수 있었기에 그 패배도 사랑합니다."

왕이 다시 시멘을 보며 말했다.

"얘야, 얼굴 붉힐 필요 없다. 아름다운 사랑을 들켰다고 부끄러워해야 할 필요는 없는 법이다. 자, 네 명예는 지켜졌다. 네 의무도 면제되었다. 네 아버지도 만족할 거다. 돈 로드리그를 여러 번 위험에 빠뜨린 것만으로도 충분히 아버지 복수를 한 셈이다. 아버지를 위해 그만큼 했으니 이제 너 자신을 위해 뭔가를 해라. 그토록 다정하게 너를 사랑하는 남편을 네게 주니, 절대로 명령을 어기지 마라."

왕의 말이 끝났을 때 돈 로드리그와 공주가 궁정으로 들어섰다. 공주가 시멘의 눈물을 닦아주며 말했다.

"눈물을 거두어라, 시멘. 그리고 슬픈 표정도 짓지 마라. 내 손으로 네게 내리는 이 위대한 승자를 받아라."

돈 로드리그가 왕을 향해 허리를 굽히며 말했다.

"전하, 전하가 계신 곳에서 제 사랑 앞에 무릎을 꿇더라도 용서해주시기 바라옵니다."

이어서 그는 시멘에게 무릎을 꿇고 말했다.

"시멘, 내 당신을 승리의 대가로 달라고 이곳에 온 것이 아니오. 다시 한 번 그대에게 내 목숨을 주러 왔소. 내 죄를 씻기 위해서라면 무엇이든 하겠소. 계속 수많은 경쟁자와 싸울까요? 세계 양 끝까지 내 무훈을 떨칠까요? 신화 속 영웅들을 넘어서는 업적을 쌓을까요? 하지만 그 어떤 것으로도 그대의 명예를 지켜줄 수 없다면 다른 사람의 힘을 빌리지 마시오. 내 머리가 그대 발밑에 있으니 그대 손으로 복수하시오. 내 죽음으로 보답하게 해주시오. 대신 그대에 대한 내 기억을 빼앗지는 마시오. 그대도 나에 대한 기억을 간직하시오. 나는 그대가 가끔, '나를 사랑하지 않았다면 그는 죽지 않았을 것을'이라고 말해주는 것으로 족하오.”

시멘이 그를 일으키며 말했다.

“일어나세요, 돈 로드리그. 저도 고백하겠습니다. 전하, 저는 이미 모든 분에게 돈 로드리그를 사랑하는 제 모습을 보여드렸습니다. 이제 와서 부인할 수도 없습니다. 전하, 저는 전하께 복종하겠습니다. 하지만 전하, 저와 로드리그의 결혼을 미루어주시길 간청하옵니다. 상복을 하루 만에 벗고 제 침대에는 로드리그를, 관에는 아버지를 눕히는 슬픈 결혼은 하고 싶지 않습니다. 사람들의 영원한 비난을 받고 싶지 않습니다.”

왕이 인자한 미소를 띠고 말했다.

“그래, 시간이 모든 것을 해결해주는 법이다. 그래, 결혼식을 연기해주마. 하지만 무작정 연기할 수는 없다. 네 눈물을 씻는 데 1년을 주마. 그동안 돈 로드리그는 무기를 들어야 한다. 우리 해안을 침공한 무어인을 물리쳤으니 이제 그들의 나라로 가서 전쟁을 시작하라. 시드라는 이름만으로도 그들은 두려움에 떨 것이다. 그들이 그대를 전하라 불렀으니 그대를 왕으로 모시려 할 것이다. 그러나 아무리 높은 공을 세우더라도 항상 그녀에게 충실하라. 그녀에게 더욱 어울리는 사람이 되어 전쟁터에서 돌아오라. 너희의 결혼을 더욱 영광스럽게 만들라."

왕이 말을 마치자 돈 로드리그가 허리를 굽히며 말했다.

"시멘을 차지하기 위해서라면, 전하께 봉사하기 위해서라면 어떤 명령을 내리셔도 이루어낼 것입니다. 그녀로부터 멀리 있다는 것이 괴로울지라도, 전하, 그녀가 기다리고 있다는 것이 저를 행복하게 해줄 것입니다."

"자, 가라. 네 용기로 명예를 드높여라. 네 사랑과 맺어질 그날의 약속을 기대하라."

오라스 Horace

1

때는 로마 건국 초기인 기원전 7세기 경, 로마는 인접해 있는 알바와 2년째 전쟁 중이었다. 전쟁을 치르기 전에 두 나라는 형제 국가로서 사이좋게 지냈다. 로마의 청년과 처녀들은 알바의 청년, 처녀들과 자유롭게 사귀고 결혼했다. 로마의 전사이자 귀족인 오라스는 알바의 귀족인 사빈과 결혼했다. 사빈에게는 퀴리아스라는 오빠가 있었다. 그는 오라스의 누이동생 카미유와 약혼한 사이였다. 로마와 알바의 두 명문 가문은 그렇게 서로 겹으로 맺어져 화목하게 지냈다.

하지만 두 나라 사이에 전쟁이 벌어지자 모든 것이 확 달라졌다. 사돈 간에 서로 칼을 맞대게 된 것이었다. 그러자 가장 슬퍼한 것은 역시 여인들이었다. 이 전쟁으로 인해 그녀들은 찢길 수밖에 없었다. 오라스의 부인 사빈에게 조국은 알바였다. 하지만 그녀는 오라스와 결혼한 이래 남편 나라인 로마 사람으로 살고 있었다. 그녀는 알바 사람이면서 동시에 로마 사람이었다. 그런데 알바와 로마 사이에 전쟁이 벌어진 것이다. 오라스의 동생 카미유도 마찬가지였다. 그녀에게 조국은 로마였다. 그러나 로마의 적 알바에는 사랑하는 연인 퀴리아스가 있었다. 그녀는 괴로울 수밖에 없었다.

어느 날 사빈은 하녀 줄리를 앞에 두고 하소연했다.

"줄리야, 내가 너무 연약한 모습을 보인다고 탓하지 마. 이렇게 큰 불행 속에서 어떻게 안 그럴 수 있겠니? 아무리 강한 남자라도 흔들리지 않을 수 없을 거야. 하지만 내 영혼은 꿋꿋해. 적어도 울지는 않을 거야."

줄리가 그녀를 책망하듯 말했다.

"마님, 그렇게 불안해하실 것 없어요. 우리 성벽 아래 두 진영이 대치하고 있지만 로마는 아직 전쟁에서 지는 법을 모르잖아요. 로마가 전쟁한다는 건 승리를 의미하고 영토를 늘리

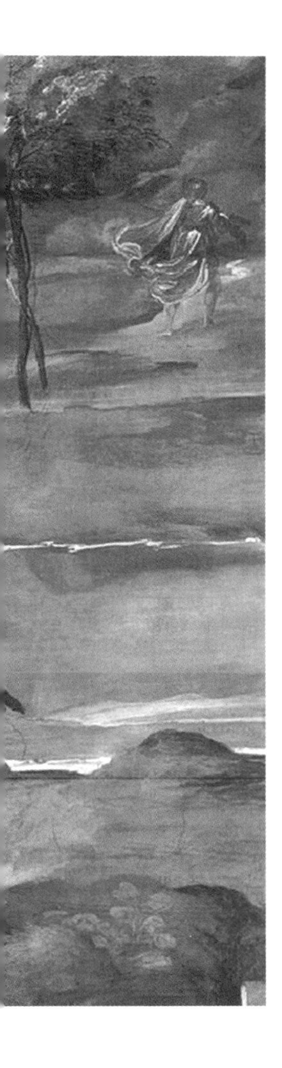

「늑대 젖을 먹는 로물루스와 레무스 She-Wolf Suckling Romulus and Remus」

16세기 이탈리아 화가 루도비코 카라치와 안니발레 카라치의 볼로냐 마그나니 성 벽화 작품. 로물루스와 레무스 쌍둥이 형제는 전설 속 로마의 건국자들이다. 트로이 전쟁에서 패하자 트로이 장군 아이네이아스는 이탈리아 반도로 가서 도시 라비니움을 세우며, 이어서 그의 아들 실비우스는 도시 알바롱가(알바)를 건설했다. 그 후 여러 세대가 지난 뒤, 알바 왕국에서 형 아물리우스와 왕위를 다투던 누미토르가 형을 내쫓고 왕이 되었다. 그는 형의 아들들은 모두 죽이고, 형의 딸 레아 실비아는 신전 사제로 삼아 아이를 갖지 못하게 만들었다. 그러나 그녀는 전쟁의 신 마르스와의 사이에서 쌍둥이 아들 로물루스와 레무스를 얻었다. 아물리우스가 갓난 아이들을 모두 제거하라는 명령을 내리자, 가축을 치는 시종은 쌍둥이를 바구니에 담아 테베레 강에 띄워 보냈고, 절망한 실비아는 강에 몸을 던져 자살했다. 강가에 닿은 두 아이는 어미 늑대가 주는 젖을 먹고 자랐으며, 나중에 알바롱가 근처 언덕에 도시를 건설했는데, 이것이 고대 로마의 시작이었다.

는 걸 의미해요. 쓸데없는 두려움은 버리시고 희망을 가지세요. 그게 로마 여인에게 어울려요."

사빈이 한숨을 내쉬며 말했다.

"아, 내 남편 오라스가 로마인이니 나도 로마 여인이로구나. 하지만 결혼으로 내 조국이 바뀌는 건 아냐. 만일 그렇다면 나는 그의 부인이 아니라 노예인 셈이야. 아, 내 소중한 조국 알바, 나는 로마의 패배뿐 아니라 승리도 두려워. 아, 로마여, 세 오빠가 한쪽에, 남편이 다른 쪽에 있는 모습을 보면서 내가 어찌 너의 승리만을 기원할 수 있단 말인가!

나는 알고 있어. 너 로마는 끝없이 뻗어 나가 더 넓은 곳에서 그 꿈을 펼치리라는 것을. 신들은 너에게 지상의 제국을 약속했지. 너는 전쟁에 의해서만 그 약속을 실현할 수 있어. 나는 이미 왕관을 쓴 너의 군대가 피레네 산맥을 넘는 것을 눈에 그리고 있어. 저 동양까지, 라인 강변까지 너의 깃발이 휘날리는 걸 보고 싶어.

하지만 로마여, 로물루스를 태어나게 한 도시인 알바는 존경해라. 배은망덕한 로마여, 기억해라. 알바의 왕의 혈통에서 너희가 나왔음을. 그러니 멈추어라. 그리고 생각해라. 너는 지금 네 어머니 가슴에 비수를 들이대고 있음을."

사빈의 속마음을 알게 된 줄리가 놀라서 말했다.

"마님, 그 말씀을 들으니 놀라워요. 전쟁이 시작된 이래 마님은 줄곧 알바에 대해 무관심한 척하셨잖아요. 저는 항상 남편만 걱정하시는 모습을 보며 마님을 존경하고 위로해 왔지요."

"그래, 처음에는 그랬어. 둘이 사소한 싸움을 벌이는 것처럼 보이고 평화가 곧 오리라는 기대에서였어. 나는 내가 완전한 로마 여인이어야 한다고 다짐했었어. 내가 마음속으로 오빠들을 응원한 적이 없었던 건 아냐. 하지만 난 곧 로마 여인으로서의 의무감으로 돌아와 정신을 차렸었지. 하지만 지금은 달라. 이제 둘은 사생결단을 내기 위해 싸우고 있어. 알바가 로마의 노예가 되거나 로마가 굴복하거나, 둘 중 한길밖에는 없어. 나는 이제 둘 다 두려워. 나는 지는 자의 편을 들 거야. 패자에게는 눈물을 흘리고 승자에게는 증오심을 품게 될 거야."

"마님, 마님만 힘드신 게 아니에요. 카미유 아가씨도 마찬가지예요. 아가씨의 오빠는 마님 남편이고 마님 오빠는 그녀의 약혼자이지요. 하지만 마님과는 정반대 입장이지요. 이쪽에는 혈육이, 저쪽에는 사랑이 있어요. 아가씨는 마님과 달리

약한 모습만 보였지요. 두 도시의 싸움에서 언제나 진 쪽에 대해 눈물을 흘리셨어요. 그래서 언제나 고통스러워하셨어요. 그런데 이상하지요? 결전의 날이 다가오자 갑자기 기뻐하시는 거예요."

"갑자기 변한 모습을 보이는 건 언제나 좋지 않은 법인데……. 어제 시누이가 기분 좋은 모습으로 발레르를 만나더구나. 너도 보았니?"

발레르는 카미유를 사랑하는 로마의 장수였다.

줄리가 대답했다.

"네, 저도 보았어요. 마님도 보셨군요."

"그래, 보았어. 이미 그 마음이 오빠를 떠난 게 틀림없어."

"왜 그렇게 되었는지 정말 궁금해요."

"마침 그녀가 저기 오네. 내가 자리를 비켜줄 테니 네가 한번 알아봐. 네게는 아무것도 감추지 않잖아. 나는 너무 고통스러워서 혼자 있고 싶어."

카미유가 모습을 보이기 전에 사빈은 자리를 비웠다.

줄리가 카미유에게 인사를 하자 카미유가 줄리에게 말했다.

"언니와 이야기를 하고 있었니? 언니도 무척 고통스러워하겠지? 하지만 나도 마찬가지야. 나는 내 유일한 보물인 내 약혼자가 자기 조국을 위해 죽거나 내 조국을 쓰러뜨리는 것을 보게 되겠지. 아, 그렇게 되면 나는 내 약혼자를 증오해야만 해."

"하지만 마님이 아가씨보다 더 고통스러워요. 약혼자는 바꿀 수 있지만 남편은 바꿀 수 없으니까요."

줄리의 말에 카미유가 눈이 휘둥그레졌다.

"무슨 소리를 하고 있는 거니?"

"아가씨, 퀴리아스는 이제 잊으세요. 그리고 발레르를 받아들이세요. 더 이상 적군 때문에 불안해하지 마세요. 온전히 우리 편이 되세요. 그러면 아가씨 영혼은 진정될 거예요."

"줄리, 좀 더 합당한 조언을 해줘. 죄를 지으라고 하지 말고 내 불행을 동정해줘."

"아가씨, 아가씨 변심은 죄가 아니에요. 당연한 거예요."

"정말 무슨 소리를 하는 거니? 내가 변심하다니? 나는 퀴리아스와 엄숙한 서약을 했어. 아무것도 우리를 떼어놓을 수 없어."

"아가씨, 제게 무얼 감추려고 하세요. 그래 봤자 소용없어요. 아가씨가 어제 발레르를 만나는 걸 제가 봤어요. 아가씨가 아주 다정하게 대하던데요."

"그래, 사실이야. 어제 그를 만났어. 그리고 좋은 낯을 보였어. 하지만 함부로 상상하지 마. 그 누구를 만났더라도 그런 표정이었을 거야. 이유도 모르면서 함부로 말하지 마."

"……."

"너는 기억하겠지? 오빠가 결혼하자마자 내가 퀴리아스와 약혼했던 것을? 그가 내 아버지로부터 허락을 받아냈던 것을? 축복받은 날이었어. 하지만 동시에 저주받은 날이기도 해. 우리가 결혼하기로 약속한 바로 그날 두 도시 사이에 전쟁이 벌어진 거야. 우리를 약혼자로 만들자마자 적으로 만든 거야. 우리는 눈물을 흘리며 헤어질 수밖에 없었어. 그 이후 내가 얼마나 흔들렸는지 너도 보았지? 전투가 있을 때마다 내가 얼마나 눈물을 흘렸는지 너도 알지? 어떤 때는 내 조국을 위하여, 어떤 때는 내 약혼자를 위하여.

나는 견딜 수 없었어. 결국, 신탁의 목소리에 의지할 수밖에 없었지. 나는 어제 유명한 예언가를 찾아갔어. 그런데 그가 내게 말해준 거야. '알바와 로마는 내일이면 다른 상황을 맞이할 것이고 네 소원이 받아들여져 평화가 이루어지리라. 어떤 나쁜 운명도 너와 퀴리아스를 갈라놓지 못하리라. 너는 그와 결합할 것이다.'

생각해봐. 내가 얼마나 안심이 되었고 황홀했는지. 그때 내가 발레르를 만난 거야. 나는 평소와 달리 그가 불쾌하지 않았어. 그가 내게 사랑을 고백했지만 전처럼 징그럽지도 않았어. 나는 그냥 행복했을 뿐이야. 그래서 그를 경멸하지도 않았고 냉담하게 대하지도 않았어. 눈에 보이는 모든 것이 퀴리아스처럼 보였고 들리는 모든 소리는 그와의 사랑을 전해주는 것 같았어. 하지만 밤이 되자 다시 무서워졌어. 계속 무서운 꿈에 시달리고 수많은 피맺힌 모습들이 눈에 어른거려 잠을 잘 수 없었어. 아, 그 유령들이 아직도 내 눈앞에 있는 것 같아."

"아가씨, 꿈은 정반대니까 걱정하지 마세요."

"나도 그러길 바라. 하지만 어쨌든 오늘은 결전의 날이야."

"이것으로 전쟁은 끝나고 평화가 뒤를 잇게 되겠지요."

"아, 하지만 나는 영원히 퀴리아스를 잃을 거야. 로마의 정복자가 되건, 로마의 노예가 되건, 둘 다 나의 남자에게는 어울리지 않는 이름이야."

카미유는 한숨을 내쉬었다. 순간 그녀는 소스라치게 놀랐다. 상상할 수도 없던 일이 벌어진 것이다.

"아니, 이게 누군가요? 당신, 퀴리아스 아니에요? 여기 나타나다니요? 제 눈을 믿어도 되나요?"

그렇다! 퀴리아스가 오라스의 집에 나타난 것이다! 전쟁 중에 적장의 집에 들어오다니! 카미유는 놀랄 수밖에 없었다. 퀴리아스가 입을 열었다.

"그렇소, 카미유, 나 퀴리아스요. 자, 똑똑히 보시오. 로마의 정복자도 아니고 로마의 노예도 아닌 남자를 보시오."

그는 카미유가 줄리에게 해준 소리를 숨어서 들었던 것이다. 카미유가 놀라서 벌린 입을 다물지 못하자 그가 말을 이었다.

"카미유, 나는 로마와 싸우고 있는 알바의 전사로서 이곳에 온 것이 아니오. 당신이 로마와 로마의 영광을 사랑한다는 것을 잘 알고 있소. 내 사랑을 경멸하고 내 승리를 증오하리라는 것을! 나는 승리도 두렵고 포로가 되는 것도 두려워……."

퀴리아스의 말을 카미유가 도중에 끊었다.

"그만하세오. 더 말씀하시지 않아도 알아요. 당신 맹세를 이루기 위해 전장에서 도망치셨군요. 오로지 내 생각뿐인 당신 마음을 알겠어요. 나를 잃지 않기 위해 당신을 원하는 조국을 빠져나왔군요. 퀴리아스, 당신이 나를 너무 사랑했기에 명예를 버렸다고 남들이 비난하겠지요. 그러라고 하세요. 나는 당신을 절대로 비난하지 않아요. 그것 때문에 당신을 경멸한다면 카미유가 아니에요. 당신이 당신의 사랑을 보여줄수록 저는 당신을 더 사랑해요. 당신이 당신의 조국을 위해 내 곁을 떠난다 하더라도 저는 당신을 사랑할 거예요.

그런데 사랑하는 퀴리아스, 혹시 아버님은 뵈었어요? 아버님은 가문보다 나라를 더 중시하지 않으시던가요? 딸보다는 로마가 우선이 아닌가요? 아버님이 당신을 사위로 맞아주시던가요, 아니면 적으로 맞아주시던가요?"

"아버님을 뵈었소. 나를 기쁘게 사위로 맞아주셨소. 나는 그대를 사랑하며 내 명예 또한 사랑하오. 나는 알바를 위해 싸우면서도 당신 때문에 한숨지었다오. 다시 한 번 칼을 휘두르게 된다면 당신 생각에 한숨을 쉬면서도 알바를 위해 싸우겠지요. 나는 영원히 알바의 전사로서 남을 것이오."

"그렇다면 왜 우리 집에 오신 거예요?"

"카미유, 놀라지 마시오. 나는 몰래 들어온 것이 아니라오.

이제 자유롭게 당신 집으로 들어올 수 있게 되어서 들어온 것이오. 마침내 평화가 찾아왔소. 우리의 사랑이 아름다운 결실을 맺을 수 있게 되었소."

카미유가 놀라서 소리쳤다.

"평화라니요! 어떻게 그런 기적이 일어난 거지요?"

그들의 대화를 듣고 있던 줄리가 탄성을 질렀다.

"아가씨, 아가씨의 신탁이 이루어진 거예요. 자, 우리 천천히 들어보기로 해요."

퀴리아스가 다시 입을 열었다.

"누군들 믿을 수 있겠소. 양군은 서로 맞붙어서 공격 명령이 떨어지기만 기다리고 있었소. 그때 우리 지휘관이 앞으로 나서며 당신 왕에게 말했소. '로마인들이여, 우리가 무슨 짓을 하고 있는 것인가! 우리가 무슨 악령에 사로잡혔기에 이렇게 치고받고 싸우는 것인가!' 로마 왕 튈이 계속 말해보라고 하자 우리의 지휘관이 말을 이었소.

'우리는 여러분의 이웃이고 우리 딸은 여러분의 부인이오. 우리는 핏줄로 서로 맺어져 있소. 우리는 단지 두 도시로 갈라져 있을 뿐 한 핏줄, 한 민족이오. 왜 우리가 이렇게 내전으로 갈기갈기 찢어져야 한단 말이오? 우리의 공통의 적은 우리의 싸움을 기뻐하며 지켜보고 있소. 자, 우리를 노리는 그들에 대항하기 위해 우리의 힘을 합칩시다. 사소한 분쟁들은 다 잊고 묻어버립시다. 최소한의 피로서 이 분쟁을 끝냅시다.'

그러자 로마 왕이 말했다오.

'좋소, 그렇다면 어떤 방법이 있겠소?'

우리 지휘자는 미리 방법을 생각해두었던 거요. 그는 즉각 말했소.

'우리 공동의 이익을 위해 각자 대표 전사를 지명합시다. 그들이 대결한 후 지는 편이 더 강한 편에 복종합시다. 노예가 되는 것이 아니라 신하가 되게 합시다. 그 어떤 수치심도, 공물도, 처벌도 없게 합시다. 모두 승자의 깃발을 따르게 합시다. 그러면 두 국가는 하나의 제국으로 합쳐질 수 있는 것 아니겠습니까?'

로마 왕은 우리 지휘관의 제안을 즉각 받아들였다오. 그제야 적대적인 눈초리로 서로 쏘아보던 양쪽 병사들은 적진 속에서 매형과 조카를, 친구를 알아보게 되었지요. 그동안 피에 굶주린 자신들이 아무 생각 없이 얼마나 많은 친족을 죽였는지 비로소 알게 되었던 거요. 그들은 모두 환호로 그 제안에 찬성했다오. 이어서 우리가 그토록 바라던 평화 조약이 체결되었소. 내용은 간단하오. 각 진영에서 대표자 3명을 뽑아 대결하기로 했소. 대결이 이루어지기 전에 양 진영은 잠시 휴전하기로 했고 덕분에 내가 여기 올 수 있게 된 거요."

퀴리아스의 긴 이야기가 끝나자 카미유의 얼굴이 밝아졌다.

퀴리아스가 다시 말을 이었다.

"이제 적어도 두 시간 후면 각자 진영에서 선출된 전사들에 의해 우리의 운명이 결정될 것이오. 그사이 우리는 모두 자유를 얻어 각자 오랜 친구들, 애인들을 만나러 갔소. 나는 당신을 만나러 당신 오빠들을 따라온 거요. 당신 아버님이 내일이면 우리를 결혼시킨다는 약속을 주셨소. 당신이 반대하지는 않겠지요?"

"아버님께 복종하는 것이 딸의 의무지요."

"자, 그렇다면 함께 아버님께 가서 더없이 달콤한 명령을 들읍시다."

둘은 함께 아버지를 만나러 갔다.

2

모든 일이 순조로운 것 같았다. 전쟁이 끝나고 모든 이들의 고통도 끝날 것 같았다. 아, 그러나, 잔인한 운명의 여신이여! 로마 전사의 대표로는 오라스와 그의 두 형이, 알바 전사의 대표로는 퀴리아스와 그의 두 형이 선출된 것이다. 퀴리아스는 아직 오라스의 집에 머물고 있었다. 그는 다음 날이면 카미유와 결혼할 수 있다는 달콤한 꿈에 젖어 있었다. 그때 알바의 전령이 오라스의 집으로 와서 퀴리아스에게 그 소식을 전했다. 퀴리아스는 오라스와 함께 이야기를 나누고 있었다.

퀴리아스가 고개를 들어 외쳤다.

"하늘이여, 운명이여, 그리고 대지여, 너희가 무엇 때문에 나에게 이런 고통을 주는가! 어찌하여 이토록 나에게 분노하고 있는가? 하지만 얼마든지 분노하라! 운명의 신이여, 악마여, 그리고 인간들이여 얼마든지 잔혹해보라! 너희가 어떤 짓을 하더라도 우리에게 내려진 이 영광을 꺾지는 못할 것이다!"

마주 앉아 있던 오라스가 퀴리아스의 말에 화답했다.

"운명의 신은 우리에게 명예의 전당을 열어주었소. 또한 우리의 단호함을 보여줄 기회를 우리에게 주었소. 운명의 신은 온 힘을 다해 우리를 불행하게 만들려 하고 있소. 모든 사람을 구원하기 위해 홀로 적과 맞서는 일은 많은 사람이 마주했던 운명이었소. 하지만 우리는 그 이상이오. 우리는 국가를 위해 사랑하는 사람을 죽여야 하오. 또 다른 나와 다름없는 이를 적으로 삼아 싸워야 하오. 부인의 오빠이자 누이동생의 약혼자를 상대로 하여 싸운다는 것, 모든 정을 끊고 조국을 위해 칼을 든다는 것, 이건 온전히 우리만이 마주한 운명이오. 그 누구도 그런 운명 앞에 마주 선 적은 없었소. 그 누구도 이런 명예를 가질 수 없었소."

퀴리아스도 오라스의 말에 기본적으로 동의했다. 하지만 그는 오라스처럼 단호할 수는 없었다. 그가 오라스에게 말했다.

"우리의 이름이 오래 사라지지 않을 것은 사실이오. 쉽게 주어지지 않을 기회이니 용기를 발휘해야 하는 것도 사실이오. 당신은 정말 야만적일 정도로 단호하구려. 이 길을 통해 영원불멸의 명성을 얻으려 하고 있으니. 하지만 이런 길을 통해 영원한 영광을 얻는 것보다는 이름 없이 사는 게 더 나을 것이오. 당신도 알겠지만 나는 이제까지 아무 주저 없이 내 의무를 따랐소. 우리의 기나긴 우정, 카미유를 향한 나의 사랑도 내 영혼을 망설이게 하지 않았소. 로마가 당신을 높이 평가하듯이 알바도 나를 높이 평가하오. 이번 선택이 그것을 증명하오. 당신이 로마를 위하듯이 나도 알바를 위해 최선을 다할 것이오.

나는 알고 있소. 당신의 명예는 나의 피를 요구하고 있고 내 명예는 당신의 옆구리를 찌르는 데 있다는 것을. 나는 결혼을 앞둔 애인의 오빠를 죽여야 하며 그대는 누이동생의 약혼자이며 그대 아내의 오빠를 죽여야 하오. 나는 아무 두려움 없이 그 의무를 행할 것이오.

하지만 이 말만은 하고 싶소. 내 마음은 그 운명에서 도망치려 하고 나는 두려움에 떨고 있소. 내 자신이 애처롭고 먼저 죽은 자들이 부러울 정도요. 나는 뒤로 물러설 수 없다는 것을 알고 있소. 떨리지도 않소. 하지만 망설여지오. 명예를 사랑하지만, 명예 때문에 잃게 되는 것이 아쉽소. 나는 인간이기 때문이오. 로마의 야심이 얼마나 큰지 모르지만 내가 당신처럼 그렇게 단호한 로마인이 아닌 게 다행이오."

그러자 오라스가 반박했다.

"당신이 로마인은 아니더라도 로마인에 어울리는 존재가 되어야 하오. 그대는 내 누이와 약혼했기 때문이오. 나는 그 어떤 연약함도 결코 용서하지 않소. 첫걸음부터 뒤를 돌아보는 것은 명예를 더럽히는 일이오. 물론 우리의 불행은 작지 않소. 하지만 나는 절대 망설이지 않소. 조국이 나를 부른다면 적이 누구이건 간에 맹목적으로 받아들일 것이오. 명예를 향한 길에 다른 감정은 모두 없애야 하오. 로마가 나를 선택했으니 나는 아무것도 고려하지 않고 기쁘게 내 아내의 오빠와 싸울 것이오. 자, 마지막으로 그대에게 말하겠소. 알바가 내 상대로 당신을 지명한 이상, 이제부터 당신은 모르는 사람이오."

하지만 퀴리아스는 여전히 망설였다.

"그토록 단순한 그대가 부럽소. 나는 여전히 당신을 내가 안다는 것 때문에 괴롭기 그지없소. 그 사실이 이렇게 잔혹하게 나를 괴롭힐 줄은 미처 몰랐소. 당신을 존중하지만, 당신을 따라 할 수 없소."

오라스가 비웃듯이 말했다.

"미덕을 잘못 이해하고 있군. 당신에게는 슬픔이 더 큰 매력이 있는 모양이구려. 당신과 함께 울기 위해 저기 내 누이동생이 오고 있군. 나는 당신의 누이동생을 만나러 가서 다짐을 받아야겠소. 그녀가 여전히 내 부인이란 것을, 내가 당신 손에 죽더라도 여전히 당신을 사랑하리라는 것을, 내가 아무리 불행을 겪어도 로마인임을 잊지 말라는 다짐을 받아야겠소."

오라스는 카미유와 퀴리아스를 남겨두고 떠나려다가 카미유를 향해 고개를 돌리고 말했다.

"카미유야, 슬프더라도 참아라. 네가 내 누이동생임을 보여주어라. 내가 죽고 그가 승자가 되더라도, 그를 오빠를 죽인 자로 받아들이지 마라. 해야 할 일을 한 남자로 받아들여라. 조국에 헌신한 남자로 받아들여라. 너에게 어울리는 명예로운 남자로 받아들여라. 반대로 이 칼로 그의 목숨을 끊는다 하더라도 내 승리도 받아들여라. 네 약혼자를 죽였다고 나를 비난하지 마라. 눈물이 흐르고 가슴은 고통으로 짓눌리겠지. 하지만 그 고통도, 연약함도 지워버려라. 운명의 신을 저주할 뿐 더 이상 죽은 사람을 생각하지 마라."

오라스는 퀴리아스에게 나중에 결투장에서 만나자고 말한 후 아내를 만나러 갔다.

둘이 남게 되자 카미유가 퀴리아스에게 물었다.

"가실 건가요, 퀴리아스? 우리의 모든 행복을 앗아갈 그 저주스러운 명예를 위해 가실 건가요?"

"아, 나는 어떻게든 죽어야 한다는 것을 잘 알고 있소. 이기면 고통으로 죽을 것이고 지게 되면 오라스의 손에 죽어야 하오. 나는 처형장에 끌려가듯 영광스러운 임무를 수행하러 가오. 사람들이 내게 보여준 존경심을 수없이 저주하고 알바가 나를 존중하게 된 것을 증오하오. 절망에 빠진 내 사랑은 신성모독을 범할 수밖에 없소. 내 사랑으로 인해 나는 하늘을 원망하고 하늘이 준 운명을 저주하오. 하지만 나는 임무를 수행해야하오."

카미유가 퀴리아스에게 말했다.

“가시면 안 돼요. 당신도 내가 가지 말라고 빌기를 바라고 있잖아요. 내가 핑계가 되어 싸움터에 나서지 않게 되기를 바라고 있잖아요. 당신은 이제까지 세운 공적으로도 이미 충분해요. 당신의 명성은 이미 높아질 대로 높아요. 더는 높아질 수 없어요. 이번에는 다른 사람에게 이름을 높일 기회를 주세요.”

“카미유, 나를 위해 준비된 영광의 월계관이 다른 사람 머리에 씌워지는 것을 보라니! ‘당신이 나섰다면 조국이 승리했을 텐데’라며 모든 사람이 나를 비난하게 하라니! 내 사랑 때문에 그 많은 무훈을 모욕으로 뒤덮으라니! 안 되오. 알바여, 네가 내게 명예를 주었으니 너는 내 손에 의해서만 멸망하거나 승리할 것이다. 네 운명을 내게 맡겼으니 나는 너를 수호할 것이다. 가책 없이 살거나 부끄러움 없이 죽을 것이다.”

카미유가 소리쳤다.

“아, 퀴리아스, 나는 안중에도 없나요?”

“내 몸은 당신 것이기 이전에 조국 것이오.”

“그렇다고 조국을 위해 자기 매형을 죽이다니요? 누이동생에게서 남편을 빼앗다니요.”

퀴리아스가 한숨을 내쉬며 말했다.

"그것이 우리의 불행이라오. 알바와 로마의 선택이 그렇게 만들었소. 매형과 동생이라는 아주 다정했던 이름이 주던 달콤함을 빼앗았소."

"잔인한 사람, 그렇다면 내게 오빠의 머리를 보여주며 나와 결혼할 수 있단 말인가요?"

"더 이상 생각해서는 안 되오. 지금 나로서는 아무 희망도 없이 그저 당신을 사랑하는 것이 내가 할 수 있는 전부요. 카미유, 그대 울고 있구려."

"저는 울 수밖에 없어요. 냉정한 약혼자가 저더러 죽으라고 명령하니까요. 나를 괴롭히면서도 여전히 나를 사랑한다고 말하는군요."

"아, 약혼자의 눈물이라니! 그대는 나를 너무 감동시키오. 눈물 흘리는 그대의 눈은 너무 아름답소. 내 마음도 약해지는구려. 당신 눈물을 보니 내 굳은 결심도 흔들리는구려. 하지만 당신 눈물로 내 용기를 깎아내리지 마시오. 내 용기가 흔들려 제 자리를 찾지 못하고 있소. 내가 당신의 눈물에 흔들릴수록 나는 퀴리아스로부터 멀어지고 있소. 우정과 싸우느라 이미 약해질 대로 약해졌는데 사랑과 눈물을 어찌 이겨낼 수 있겠소? 그러니 제발 울지 마시오. 더 이상 나를 사랑하지 마시오. 오히려 내게 분노를 터뜨리시오. 그대가 내게 분노를 터뜨린다면 나도 그대를 더는 사랑하지 않겠소. 자, 배은망덕한 사람에게 복수하시오. 변덕쟁이를 처벌하시오. 나는 당신을 이제 사랑하지 않소! 더 이상 무엇이 필요하오? 나는 사랑의 맹세를 포기하겠소."

"사랑하는 퀴리아스, 또 다른 죄를 짓지 마세요. 저는 맹세해요. 당신이 의연할수록 당신을 증오하기보다 더 사랑하리라는 것을. 그래요, 배은망덕하고 신의가 없어도 당신은 여전히 내게 소중해요. 제발 형제 살해범이라는 이름은 갖지 마세요. 오, 왜 나는 로마 여인이고 당신은 로마인이 아닌가요? 그렇지만 않다면 나는 당신의 용기를 북돋아주고 월계관을 준비할 텐데……."

카미유가 눈물 흘리며 퀴리아스에게 호소하고 있을 때 오라스와 사빈이 그들이 있는 방으로 왔다. 그 모습을 보고 퀴리아스가 외쳤다.

"이런! 사빈까지 따라오다니! 내 용기를 뒤흔들려고 카미유로도 모자라서 내 누이동생까지 동원하는구나! 오라스, 카미유의 눈물 때문에 약해진 내 용기를 마저 없애버리려고 사빈을 데려오는 것이오?"

그러자 사빈이 대답했다.

"아니에요, 오빠. 다만 오빠를 안아보고 오빠에게 인사하기 위해서 왔어요. 고결한 피를 가지신 오빠, 아무것도 의심하지 마세요. 저는 이 불행 때문에 어느 한 분도 흔들리지 않기를 바라고 있어요. 저는 두 분을 당당한 적으로 만들고 싶어요. 내가 두 분을 연결시키는 장본인이니 내가 없다면 두 분은 아무 사이도 아니지요. 두 분의 혈연관계를 끊으세요. 그 사슬을 끊으세요. 저는 두 분의 명예가 한껏 높아지기를 바라요. 그러니 내 죽음으로 서로 맞설 명분을 만드세요. 알바와 로마가 원하니 두 분은 복종해야 하겠지요.

자, 한 분이 저를 죽이고 다른 분은 복수하세요. 누이를 위해 복수하는 것이건, 아내를 위해 복수하는 것이건 정당한 복수가 되는 거예요. 모든 고통의 뿌리를 끊어버리세요. 누이동생의 피를 뿌리는 것부터 시작하세요. 두 분에게 생명과 같은 저를 조국에 대한 제물로 바치는 것부터 시작하세요. 이 싸움에서 두 분은 적이에요. 오빠는 로마의 적이고 당신은 알바의 적이에요. 그리고 저는 둘 모두의 적이에요. 내가 살아서 한쪽의 승리를 보게 하시려고요? 나는 누이가 되는 건가요, 부인이 되는 건가요? 내가 승자를 포옹할 수 있겠어요? 못합니다. 두 분이 거부하신다면 나 스스로 죽겠어요. 자, 무엇 때문에 망설이시는 건가요? 저는 두 분이 휘두르는 칼 사이로 들어가겠어요."

사빈의 말에 오라스와 퀴리아스 모두 얼굴이 창백해졌다. 그러자 사빈이 다시 말했다.

"두 분이 한숨을 내쉬고 얼굴이 창백해지다니! 이것이 귀족이 보일 모습인가요? 알바와 로마가 수호자로 택한 영웅들 맞나요?"

그러자 오라스가 나서서 말했다.

"오, 사빈, 내가 당신에게 무슨 모욕을 주었다고 내게 이렇게 복수하는 거요? 내 명예가 당신과 무슨 관계가 있다는 거요? 당신은 무슨 권리로 내 용기를 꺾으려 하는 거요? 자, 적어도 내 용기를 뒤흔들었으니 그걸로 만족하시오. 이 중요한 하루를 마무리하게 해주시오. 나를 놀랄 만큼 약하게 만들었으니 이제 그만 가시오. 이 논쟁만으로도 나는 부끄럽소. 내 생명이 명예롭게 끝나게 해주시오."

그때였다. 오라스의 아버지가 그들이 모여 있는 방으로 들어섰다. 그는 그들의 모습을 보자마자 힐난했다.

"자네들, 여기서 뭐 하는가? 사랑을 속삭이고 있는가? 이렇게 여자들과 낭비할 시간이 있는가? 피를 눈앞에 둔 자네들이 눈물 따위나 보고 있는가? 자, 빨리 가게. 여자들끼리 자신들의 불행을 한탄하도록 내버려 두게. 여자들의 하소연은 자네들을 연약하게 만들 뿐이니 빨리 여자들로부터 도망가게."

그러자 사빈이 시아버지에게 말했다.

"걱정 마세요, 아버님. 그들은 아버님과 아주 잘 어울리는 사람들이니까요. 저희가 아무리 애를 쓴다고 해도 아버님의 아들과 사위 노릇에서 벗어나지 않을 테니까요. 저희의 연약함 때문에 그들의 명예를 위태롭게 한다면 저희는 그만 물러가겠습니다. 카미유, 갑시다. 더 이상 눈물을 흘리지 맙시다. 눈물은 허약한 무기일 뿐, 우리는 절망 속에서 헤맬 수밖에 없지요. 야수들, 가서 싸우세요. 우리는 죽으러 갑니다."

사빈은 카미유를 데리고 방에서 나갔다.

그녀들이 방에서 나가자 오라스가 아버지에게 말했다.

"아버님, 아버님께 부탁이 있습니다. 절망감에 빠진 그녀들이 외출하지 못하도록 막아주십시오. 고함과 눈물로 우리 결투를 방해할지 모릅니다. 그렇게 되면 우리가 계략을 써서 싸움을 회피한 것으로 오해할 것입니다. 우리의 명예를 더럽힐 수는 없습니다."

그러자 오라스의 아버지가 말했다.

"그녀들은 내가 돌볼 테니 가거라. 형들이 기다리고 있다. 자네들의 조국이 요구하는 의무만을 생각하라."

오라스와 퀴리아스는 오라스의 아버지에게 작별 인사를 하고 물러 나왔다.

3

오라스의 아버지는 사빈과 카미유를 밖으로 나가지 못하게 했다. 그녀들은 집 안에 갇힌 채 바깥 소식을 궁금해했다. 줄리를 통해서만 바깥소식을 들을 수 있을 뿐이었다. 하지만 고통을 위로하는 방법은 서로 달랐다. 카미유는 고통 속에서 오로지 사랑에 매달렸다. 그녀에게는 남자들의 명예는 중요하지 않았다. 하지만 사빈은 고통을 이성으로 극복하려 했다. 고통을 있는 그대로 받아들임으로써 그 고통에서 벗어나려 했다.

그녀는 생각했다.

'아무리 불행하더라도 한쪽 편을 들어야 해. 이렇게 내 영혼이 찢기고 있을 수는 없어. 그러나 아! 이 상반된 운명 속에서 어느 편을 든단 말인가! 혈육과 사랑이 모두 편을 들어달라고 내게 요구하는구나.

그래, 한 사람의 부인이면서 동시에 오빠들의 누이가 되자. 그들을 닮자. 그들이 목숨 걸고 지키려는 명예를 내 것으로 삼자. 이제는 아무 걱정도 하지 말자. 누가 죽던 아름다운 죽음이라고 여기자. 두려워하지 말고 그들의 죽음을 기다리자. 두 가문이 승리해서 얻게 되는 영광만을 생각하자. 승자를 기쁘게 맞자. 나는 로마의 부인이고 알바의 딸이다. 모두 내 가문이다. 내 가문의 팔이 아니고는 승리할 수 없다. 결국 승리하는 것은 내 가문이다. 나는 아무 절망 없이 죽은 자를 만날 수 있으며 아무 두려움 없이 승자를 만날 수 있다."

하지만 그런 위안도 잠깐이었다. 그녀는 잠시 위안에 젖었다가 다시 슬픔에 잠겼다.

'아, 나를 기만하는 헛된 위안아! 너는 어둠 속에서 한순간 번쩍이는 번개와 같구나! 번개가 사라지고 나면 더욱 어두운 밤이 찾아오듯, 내 마음은 다시 어둠에 빠지는구나. 너는 순간적으로 내 고통을 마비시켰을 뿐, 내게서 오빠나 남편을 빼앗아간다는 가혹한 슬픔을 영원히 거두어 가지는 못하는구나. 아, 어쩌란 말이냐. 누가 승리하건 결국 내 가문의 피의 대가로 얻은 영광인 것을! 내가 그토록 바랐던 평화가 고작 이런 거란 말이냐! 오, 신이시여. 그대가 우리에게 베푼 호의가 바로 이것입니까? 호의를 베푸실 때 그토록 잔인하시다면 화가 났을 때는 어떤 벼락을 내리시려는 것입니까? 순수한 사람들을 이렇게 고통에 빠지게 하신다면, 신을 모독하는 자들에게는 도대체 어떤 가혹한 형벌을 준비하고 계신 건가요?'

사빈이 홀로 괴로워하고 있을 때 줄리가 허겁지겁 들어왔다. 줄리를 보자마자 사빈이 물었다.

"어떻게 되었어, 줄리? 끝났어? 오빠가 죽었어, 아니면 남편이 죽었어? 아니면 모두 잔인한 싸움의 희생자가 되었어?"

"아직 아무 일도 일어나지 않았어요, 마님. 알바의 세 영웅과 우리 로마의 세 영웅이 싸움터에 나섰어요. 그런데 예상치 못했던 일이 벌어진 거예요. 그들이 목숨을 걸고 싸우러 나오자 양쪽 진영 모두에서 소란이 일어났어요. 모두가 그들을 사랑하고 아꼈던 거지요. 그들은 결국 이런 결정을 한 지휘관을 비난하게 되었어요. 이런 야만적인 결투를 허락할 수 없다고 들고 일어난 거지요. 그리고 모든 사람들이 나서서 그들을 떼어놓았어요."

그러자 사빈이 기쁨에 겨워 외쳤다.

"오, 위대한 신들이시여! 제 소원을 들어주셨군요. 감사합니다."

"마님, 아직 완전히 끝난 건 아니에요. 아직 기뻐하시기는 일러요. 걱정이 좀 줄긴 했지만 끝난 건 아니에요. 좀 연기되었을 뿐이에요."

"무슨 소리야? 그들 간의 싸움이 끝난 게 아니야?"

"당사자들이 받아들이지 않은 거예요. 그들은 자신들이 선택받은 것을 영광으로 알잖아요. 사람들이 그들이 죽을까 봐 애통해할 때 오히려 행복을 느끼고, 동정을 받으면 오히려 모욕으로 여기지요. 두 진영이 항의하자 오히려 명성이 더럽혀진다고 생각했어요. 그들은 끝까지 싸우려고 했어요."

"뭐라고? 그 고집불통들!"

"두 진영 모두 이런 식의 싸움을 반대하고 전면전을 요구했어요. 또 다른 전사들을 내세워야 한다고 주장하는 사람들도 있었고요. 지휘관들이 나서도 소용이 없었어요. 군중이 성나면 아무도 말릴 수 없잖아요. 로마 왕도 당황했어요. 그가 마지막으로 온 힘을 다해 이렇게 말했어요.

'두 진영 모두 흥분했소. 위대한 신들의 신탁에 물읍시다. 전투 방식을 바꾸는 것이 옳은지 신에게 물어봅시다.'

그의 말에 모든 흥분이 가라앉았고 여섯 무사도 무기를 거두었어요. 그들의 눈을 흐리게 했던 명예를 향한 욕망도 신의 이름 앞에 복종한 거지요. 결국 신탁을 물은 후에 다시 신의 뜻에 따르기로 했어요."

줄리가 말을 끝내자 사빈이 말했다.

"신은 죄악으로 물든 싸움을 허락하지 않을 거야. 어쨌든 싸움은 연기되었잖아. 내가 바라는 대로 될 거야."

말을 마친 사빈은 이 기쁜 소식을 카미유에게 전하기 위해 줄리와 함께 서둘러 그녀에게 갔다. 카미유를 보자 사빈이 말했다.

"카미유, 기쁜 소식을 알려줄게요."

하지만 카미유도 이미 소식을 들었다.

"그걸 기쁜 소식으로 받아들여야 하나요? 나도 이미 알아요. 사람들이 아버지께 전하는 소식을 옆에서 들었으니까요.

하지만 내 고통을 달래줄 건 아무것도 없어요. 싸움이 연기되면 분노만 더 커질 뿐이에요. 우리의 고통이 연기된 것뿐이에요. 애도할 날이 좀 늦게 온다고 해서 기뻐해야 하나요?"

그러자 사빈이 말했다.

"군중을 부추긴 것도 신의 뜻이에요. 신이 쓸데없이 그랬겠어요?"

"신에게 물어요? 쓸데없는 짓이에요. 로마 왕 튈에게 그런 영감을 준 것도 바로 신이에요. 민중의 목소리가 언제나 신의 목소리는 아니지요. 신은 그런 낮은 계급 속으로 자신을 낮추기보다는 자신의 이미지와 닮은 왕의 영혼 속에 자리 잡는 법이에요."

그러자 줄리가 옆에서 말했다.

"아가씨, 아가씨도 어제 신탁을 들었잖아요. 그렇게 나쁘게만 생각하실 건 없어요."

"신탁이란 쉽게 이해할 수 없는 거야. 이해한다고 생각할수록 더 이해할 수 없는 법이야. 주어진 그대로 믿을 수 없어."

그러자 사빈이 카미유를 달랬다.

"아가씨, 우리에게 유리한 쪽으로 희망을 갖도록 해요. 하늘의 은총도, 기대하지 않는 사람에게는 오지 않는 법이에요.”

그러자 줄리가 말했다.

“제가 일이 어떻게 진행되는지 보고 오겠어요. 두 분에게 좋은 소식만 전할 수 있으면 얼마나 좋겠어요. 오늘 밤 행복한 결혼을 평화롭게 준비할 수 있다면 얼마나 좋겠어요.”

줄리가 밖으로 나가자 사빈이 카미유에게 말했다.

“아가씨, 아가씨와 나는 같은 고통을 겪고 있지만, 아가씨를 나무랄 수밖에 없어요. 왜 아가씨 영혼이 저보다 그토록 깊이 고통받는지 알 수 없기 때문이에요.”

“언니와 내 고통이 같다고요? 아니에요. 달라요. 제 입장이 되어보세요. 언니의 불행은 한낱 꿈처럼 여겨질 겁니다. 언니에게는 오라스의 죽음만이 두려울 뿐이지요. 오빠들이란 남편에 비하면 아무것도 아니에요. 결혼의 신에 의해 언니는 언니 가문에서 떨어져 나온 거예요. 남편을 따르기 위해 부모님 곁을 떠난 거지요. 하지만 결혼을 눈앞에 둔 약혼자는 남편만은 못하지만 그렇다고 오빠만 못한 것도 아니에요. 그 둘에 대한 감정도 확실하지 않고 제가 선택하는 것도 불가능해요. 모든 게 혼란스럽기만 해요. 하지만 언니는 어쨌든 언니가 무엇을 바라는지는 확실하게 알고 있잖아요. 어떻게 하면 두려움이 끝날지 알고 있잖아요. 나는 하늘이 내린 이 벌이 두렵기만 해요. 아무것도 바랄 게 없어요."

"아가씨, 아가씨의 말이 맞는 것 같지만, 아니에요. 부모 곁을 떠났다고 해서 완전히 잊는 건 아니지요. 결혼했다고 가문이 없어지는 것도 아니에요. 더욱이 남편을 사랑한다고 오빠들을 증오하지는 않아요. 나는 한쪽이 다른 쪽을 죽여야만 한다는 이 운명이 서글픈 거랍니다. 남편이건 오빠건 다 우리 자신이며 그들이나 우리나 같은 불행을 겪게 되어 있어요.

아가씨, 아가씨가 사랑하고 아가씨를 사랑하는 사람은 단지 아가씨가 원하는 사람일 뿐이에요. 그 사람이 약간 나쁜 성미를 드러내도, 그 사람을 조금만 질투하게 되더라도 그 사랑의 환상은 사라지는 법이지요. 혈연은 자연적인 것이에요. 아가씨의 사랑은 인위적인 거지요. 그걸 비교한다는 것 자체가 이미 죄악이지요. 나 역시 모든 것이 두렵고 바랄 게 아무것도 없어요. 나도 불평을 해요. 하지만 나는 내 이성으로 내 의무를 일깨워요."

"언니 말은 잘 알겠어요. 하지만 언니는 사랑해본 적이 없으며 사랑이 뭔지도 모르고 있어요. 사랑이 싹틀 때는 저항할 수 있어요. 하지만 사랑이 영혼을 지배하기 시작하면 결코 물리칠 수 없어요. 더욱이 아버지께서 우리의 사랑을 합법적으로 인정했을 때는 더 어쩔 수 없는 법이에요. 우리의 영혼이 한번 사랑의 매력을 맛본다면 그 이후에 거두어들이는 건 불가능해요."

둘이 거의 말싸움을 하다시피 하고 있을 때 아버지가 들어왔다. 침통한 표정이었다.

그가 말했다.

"너희에게 나쁜 소식을 전해야겠다. 너희에게 감추고 싶었지만 그럴 수 없었다. 방금 소식을 들었다. 오빠들이 적들에게 붙잡혔다는구나. 신탁에 물은 결과 다시 결투가 벌어졌고 오빠들이 잡혔다고 한다. 잘못된 소식이길 빌지만……."

아버지는 애써 눈물을 참으며 두 여인을 위로했다. 바로 그때 줄리가 헐레벌떡 들어왔다. 아버지가 황급히 물었다.

"줄리, 무슨 일이냐? 좋은 소식이라도 있느냐?"

"아닙니다. 아주 침통한 결과입니다. 로마가 알바에 패했습니다. 이제 로마는 알바의 신하입니다. 어르신의 두 아들은 죽고 오라스만 살아남아 도망쳤습니다."

"오, 이 무슨 서글픈 소식이란 말이냐! 로마가 알바의 신하가 되다니! 그걸 보고도 오라스가 살아남았단 말이냐? 아니, 아니, 절대 그럴 리 없어. 줄리, 네가 잘못 들은 거야. 로마는 절대 다른 나라의 신하가 될 수 없어. 내 아들이 살아서 그걸 그대로 두고 볼 리 없어. 내 아들은 죽었을 거야. 그는 자기 의무를 잊는 비겁한 자가 아니야."

"어르신, 높은 성벽 위에서 제가 직접 보았답니다. 두 형이 살아 있는 동안에는 그분도 용감히 싸웠답니다. 하지만 형 둘이 죽고 혼자 셋을 상대하게 되자 그들이 포위하기 전에 도망쳤습니다."

"그렇다면 배신당한 우리 군인들 손에 죽어 마땅하다. 그들이 죽이지 않았더냐? 비겁한 자가 자기 진영으로 도망가는 것을 내버려둘 리 없다."

"그러고 난 이후 저는 아무것도 보지 못했습니다."

카미유가 울음을 터뜨리며 말했다.

"아, 가엾은 오빠들!"

아버지가 카미유를 말리며 말했다.

“울지 마라. 셋 모두를 애도하지 마라. 죽어버린 두 아들의 운명을 내가 질투하고 있다. 나는 그런 영광을 얻지 못했기 때문이다. 그들의 무덤에는 가장 고귀한 꽃을 덮을 것이다. 그들은 죽음으로 영광을 얻었다. 그들의 패배를 보상하고도 남는다. 애도할 자는 셋째 오라스다. 그의 치유 받을 수 없는 모욕을 애도해라. 그가 수치스럽게 도망가는 바람에 우리의 이마에 새겨진 모욕을 애도해라. 우리 가문 모두의 불명예와 오라스라는 이름에 남겨진 영원한 치욕을 애도해라.”

줄리가 용기를 내어 말했다.

“그렇다면 도련님이 세 명과 한꺼번에 맞서야 했나요? 그걸 바라시나요?”

“내가 그를 직접 죽이고 싶을 정도다. 그가 피 한 방울을 아낄 때마다 영광을 얼룩지게 만들었다. 이 비겁한 죄악 뒤에는 영원한 수치가 이어질 것이다. 내, 아버지의 권리로 그를 분명히 처벌할 것이다. 그는 우리 가문 전체를 욕보인 놈이다.”

이번에는 사빈이 용기를 냈다.

“아버님, 가문의 명예만을 너무 내세우지는 마세요. 우리 모두 불행하게 만들지 말아주세요."

아버지가 노기 띤 음성으로 말했다.

"사빈, 네 마음은 조금도 흔들리지 않겠구나. 너는 우리 불행과는 크게 상관없는 사람이다. 너는 우리의 고뇌와는 동떨어져 있는 사람이다. 하늘은 네 남편과 오빠들을 지켜주었다. 우리가 신하가 되더라도 네 나라 신하가 되는 것이다. 우리는 배신을 당했지만 너의 오빠들은 승자가 되었다. 그들의 영광만 눈에 들어오고 우리의 수치는 보이지도 않는구나. 하지만 불명예스러운 남편을 너무 사랑하지 마라. 그를 위해 눈물을 흘리지 마라. 내, 이 손, 바로 이 손이 그의 피로 로마의 수치를 씻을 것이다."

아버지가 노해서 밖으로 뛰쳐나가자 카미유가 서둘러 그의 뒤를 따랐다.

4

카미유는 아버지를 뒤따라가며 진정하시라고 말했다. 하지만 오라스를 향한 노인의 분노를 가라앉힐 수는 없었다. 그때 발레르가 허겁지겁 집 안으로 들어섰다. 그는 오라스의 아버지를 보자마자 말했다.

“어르신, 전하께서 저를 보내셨습니다. 어르신께 위로의 말씀을 전하라는 명령을 받았습니다. 전하를 대신하여 제가…….”

그러나 그의 말을 끊고 노인이 말했다.

“아무 걱정하지 말게. 내게 위로라는 말은 쓸 필요 없네. 굴욕적으로 도망간 자보다는 죽은 아들들이 더 보고 싶네. 내 아들 둘이 조국을 위해 명예롭게 죽었으니 내게는 그것으로 족하다네."

"나머지 아들도 귀하니 그도 반갑게 맞아야 합니다."

"그놈은 죽었어야 해."

"그가 한 일에 대해 어르신만 나쁘게 말씀하시는군요."

"그놈이 지은 죄에 대해 바로 내 손으로 처벌을 내려야 하기 때문이야."

"아니, 그가 무슨 죄를 지었다고 하시는 겁니까?"

"싸움터에서 도망을 갔는데 더 무슨 말을 하란 말인가?"

"어르신, 아주 영광스러운 도망이었습니다."

"자네, 나를 정말 더없이 수치스럽게 만들 건가? 도망친 놈에게 영광은 무슨 영광!"

"아니, 우리 모두를 구원한 아들을 키우셨으면서 무슨 수치를 말씀하시는 건가요? 로마의 승리보다 어떤 더 큰 명예를 원하시는 건가요?"

오라스 아버지가 의아해하며 물었다.

"우리의 운명이 알바의 법 아래 놓였는데 무슨 승리고 무슨 명예란 말인가?"

"어르신, 알바가 승리하다니요? 아, 그다음 소식을 못 들으셨군요."

"내 아들이 도망쳐서 조국을 배신했다는 건 아네."

"아이고, 도망친 건 사실이지요. 하지만 무작정 도망친 게 아니었습니다. 오라스의 계략이었지요. 로마가 승리할 수 있게 만들었지요."

"아니, 로마가 승리했단 말인가? 어디 자세히 말해보게."

"알바의 형제들은 셋 다 살아남고 오라스 혼자 남았지요. 그들은 적지 않은 상처를 입었지만 오라스 혼자 상대하기에는 벅찼습니다. 그는 우선 그 자리를 피하기 위해 등을 돌렸습니다. 알바의 형제들은 각각 입은 상처가 달랐지요. 상처 크기에 따라 빠르게 추격한 자도 있었고 천천히 추격한 자도 있었습니다. 세 형제가 분산된 거지요. 그들이 흩어진 것을 본 오라스는 돌아섰습니다. 제일 먼저 상대한 자는 어르신의 사위였습니다. 그는 이미 피를 많이 흘린 뒤라 기력이 없었지요. 그는 오라스의 손에 죽었습니다."

그 말을 듣고 카미유는 반쯤 넋이 나갔다.

발레르가 말을 이었다.

"이번에는 숨을 헐떡이며 둘째가 달려들었지요. 하지만 그도 용기만 있었지 힘은 빠진 상태였습니다. 동생 복수를 하려던 그도 동생 옆에 쓰러졌습니다. 마지막으로 달려온 맏이도 오라스의 일격에 목숨을 잃었고 로마는 승리했습니다."

오라스의 아버지는 기쁨에 차서 소리쳤다.

"오, 내 아들! 이 얼마나 기쁜 일인가! 오, 내 일생일대의 명예여! 오라스, 너는 우리 가문을 살렸도다! 로마를 살렸도다! 너는 네 조국의 기둥이며 네 종족의 영광이다. 아, 내가 그런 훌륭한 아들에게 무슨 잘못된 생각을 품었단 말인가. 빨리 너를 안고 네 이마에 입을 맞추고 싶구나!"

"전하께서 그를 곧 보내주실 것입니다. 그리고 내일은 성대한 승리의 축제가 열릴 것입니다. 급히 어르신께 기쁜 소식을 전하라고 우선 저를 보내신 것이고, 어르신 집안에 감사하기 위해 전하께서도 직접 오실 겁니다."

"이런 황송할 데가. 자, 자네 정말 수고 많았네."

노인은 발레르의 손을 잡고 치하했다. 곁에서 울고 있는 카미유는 눈에도 들어오지 않았다. 발레르가 떠나자 그는 비로소 울고 있는 딸의 모습을 보고 그녀에게 말했다.

“얘야, 더 이상 눈물을 흘릴 때가 아니다. 이런 명예로운 순간에 눈물을 보이다니……. 조국이 승리했는데 가족의 죽음을 애도하는 건 옳은 일이 아니다. 약혼자가 죽음으로써 너는 남자 하나를 잃었을 뿐이다. 그 상처는 로마가 얼마든지 치료해줄 것이다. 이번 승리로 수많은 훌륭한 젊은이들이 모두 너와의 결혼을 영광스럽게 생각할 거다.

나는 가서 이 소식을 사빈에게 전해야겠다. 남편 손에 오빠 셋이 죽었으니 그 애가 눈물을 흘리는 건 당연하다. 하지만 우리 집안에서 하루빨리 눈물 자국은 거두어야 한다. 승자에게 바칠 사랑이 그 가슴에 가득하도록 해주어야겠다. 그동안 네 슬픔은 지워버려라. 오라스가 온다면 네가 그의 누이임을 보여주어라. 더 강한 모습으로 그를 맞아들여라. 둘 다 한 핏줄임을 보여주어라.”

아버지가 방에서 나가자 혼자 남은 카미유는 절규했다. 그리고 속으로 결심했다.

‘그래, 명예만이 전부가 아니라는 것을 보여줄 거야. 진정한 사랑도 용감하게 죽음에 맞설 수 있다는 것을 보여줄 거야. 잔인한 전제자들의 계율에는 복종하지 말자. 아버지는 내 고통을 비열하다고 비난하시지만 나는 아버지가 불쾌해하면 불쾌해하실수록 내 고통을 더 사랑해.'

그리고 그녀는 속으로 외쳤다.

'무정한 아버지, 난 온 힘을 다해 나의 이 고통을 키울 거예요. 이 고통을 내게 주어진 가혹한 운명만큼 키울 거예요. 아버지, 달콤한 꿈에 젖게 했다가 일순간에 이렇게 잔인하게 불행에 빠뜨리는 운명을 보신 적이 있나요? 단 하루 만에 기쁨과 고통으로, 희망과 두려움으로 충격받은 영혼을 보신 적이 있나요? 운명은 신탁으로 나를 안심시켰다가 꿈에서는 고통을 주었지요. 결혼식을 준비하는 중에 오빠가 약혼자와 싸우게 만들었지요. 로마가 패했다고 했고 퀴리아스만이 오빠들의 피로 손을 적시지 않았지요. 퀴리아스만이 오라스 오빠를 죽이지 않았지요. 제가 여전히 그를 사랑하고 어떤 희망을 품을 수 있었던 것이 잘못인가요? 다른 오빠들의 죽음에 대해 제가 너무 가벼운 고통을 느낀 건가요? 그래서 벌을 받은 건가요? 그래서 퀴리아스가 죽은 건가요?

하지만 그 고통은 아무것도 아니에요. 슬픔으로 가득한 날

나는 기뻐해야만 하고, 승자에게 박수를 보내야만 해요. 불평하는 것이 수치고 한탄하는 것이 죄라고 해요. 그들의 그 잔인한 명예는 내게 행복하게 지내라고 강요해요. 아, 그들의 고귀한 명예란 그 얼마나 야만적인가! 야만적이 되어야만 고귀한 종족이 될 수 있단 말인가! 그래, 덕망 있는 아버지보다 더 잔인해지자. 그처럼 고결한 오빠에게 못된 누이가 되자. 그들의 비인간적인 잔인함이 그들의 영광이며 미덕이라면 그들에게 비난받는 것을 더 큰 영광으로 여기자.

고통이여, 폭발하라! 결코 너를 억누르지 않으리라. 모든 것을 잃었는데 무엇을 더 두려워한단 말인가? 이 잔인한 승자에 대한 존경심일랑 거두어라. 그의 눈을 피하지 말자. 그를 정면으로 마주치자. 그의 승리를 모욕하고 그의 분노를 자극하자. 그가 화를 내는 데서 즐거움을 찾자. 그에게 단호하게 보여주자. 약혼자의 죽음에 대해 약혼녀가 해야 하는 것이 어떤 것인가를!'

그녀가 홀로 속으로 결심을 다지고 있을 때 오라스가 들어섰다. 그의 옆으로 병사 한 명이 퀴리아스 형제의 칼 세 자루를 들고 따르고 있었다.

카미유를 본 오라스가 의기양양하게 말했다.

"동생아, 내 이 두 팔이 형들의 복수를 했다. 우리의 운명이 거꾸로 가는 것을 막았고 우리를 알바의 주인으로 만들었다. 내 이 두 팔이 오늘 두 국가의 운명을 결정지었다."

그는 칼을 가리키며 말했다.

"이 명예의 표시, 내 영광의 증거물을 보아라. 내 승리를 나와 함께 기뻐해 다오. 나와 함께 행복해 다오. 나를 축하해 다오."

그러자 카미유가 대답했다.

"내 눈물을 받아요. 내게는 이것뿐이니까."

"이러한 무훈에 대해 로마는 눈물을 원치 않는다. 전투 중 죽은 네 두 오빠에 대해서도 눈물을 흘릴 필요 없다. 내가 형들 복수를 했으니 잃은 것이 없다."

"그래요, 오빠들 때문에 눈물 흘리지는 않겠어요. 오빠들은 자신들이 흘린 피에 만족했을 테니까요. 오빠의 복수로 죽은 이들의 죽음도 잊겠어요. 하지만 내 약혼자의 죽음을 어떻게 잊겠어요? 누가 그의 복수를 해주지요?"

뜻밖의 말에 오라스는 놀랐다.

그때 카미유가 울음을 터뜨리며 말했다.

"오, 내 사랑 퀴리아스."

오라스는 분노가 치솟았다. 그는 분노를 지그시 누르고 말했다.

"이런 파렴치한 것 같으니라고. 내가 방금 물리친 적의 이름을 입에 올리는 것도 모자라서 '내 사랑'이라고! 거기다 복수를 원해? 네 한숨 소리에 내 얼굴이 붉어지게 하지 마라. 이제 네 사랑의 불길은 꺼져야만 한다. 네 영혼 속의 사랑을 지워버리고 내가 얻은 전리품만 생각해라."

그러자 카미유가 소리쳤다.

"야만인 같으니라고! 그러길 원한다면 오빠 같은 잔인한 심장을 내게 주세요. 내게는 그런 잔인한 심장이 없으니! 오빠에게 내 마음이 진정 열리길 바란다면 내게 퀴리아스를 돌려주거나 내 마음의 불꽃이 움직이는 대로 내버려둬요. 내 기쁨과 고통은 오로지 그의 운명에 달려 있으니까요. 살아 있는 그를 사랑했으니 죽은 그를 위해 울 거예요.

오빠가 싸움터로 나서기 전의 동생 모습은 더 이상 기대하지 마세요. 오빠는 내 모습에서 죽어간 내 약혼자를 다시 볼 수 있을 뿐이에요. 그를 죽였다고 오빠를 비난하는 그의 약혼녀를 볼 수 있을 뿐이에요. 오빠의 발걸음마다 따라 다니는 복수의 여신을 볼 수 있을 뿐이에요.

그를 잊으라고요? 피로 더럽혀진 야수 같으니라고! 그가 죽었는데 울지도 못하게 하다니! 자기 공적만 하늘 높이 끌어올리면서 그를 두 번 죽이려 하다니! 그를 내 마음속에서도 없애려 하다니! 오빠의 삶에는 불행의 여신이 안 쫓아올 것 같아요? 내 간절한 기도에 의해 오빠는 쓰러질 거예요!"

오라스는 끓어오르는 분노를 누르며 다시 동생에게 말했다.

"카미유야, 네 말에 이전에 느껴보지 못했던 분노가 치솟는다. 내가 이런 모욕도 견딜 수 있을 것 같으냐? 내, 다시 한 번 말한다. 사랑해라. 죽은 퀴리아스가 아니라 우리에게 행복을 가져다준 그의 죽음을 사랑해라. 한 남자에 대한 기억을 지워라. 그리고 오늘의 너를 있게 한 로마를 사랑해라."

"흥, 로마를 사랑하라고요? 내 유일한 원한의 대상인 로마를! 오빠의 팔로 내 약혼자를 희생물로 삼은 로마! 그런 잔인한 오빠가 태어난 로마! 그런 야수가 가슴으로 존경하는 로마! 난 로마를 증오해요. 이웃의 모든 국가들이여 힘을 합해 로마를 무너뜨려라! 로마에 대항해서 동양과 서양 모든 나라가 힘을 합해라! 이 세상, 아니 이 우주 모든 나라들이여, 힘을 합해라! 로마를 멸망시키기 위해 산과 바다를 건너 진격하라! 아니면 로마 스스로 무너져라! 하늘이여, 내 소원을 들어주십시오! 로마에 불의 홍수를 내려주십시오! 내 눈앞에서 벼락을 내려주십시오! 잿더미가 된 집과 먼지가 된 오빠의 월계관을 볼 수 있게 해주십시오! 마지막 죽어가는 로마인이 내 소망으로 그 모든 것이 이루어졌음을 알게 해주십시오! 그런 후 그의 숨도 거두어 가십시오!"

마침내 오라스의 분노가 폭발했다. 그는 단도를 손에 쥐고 누이에게 달려들었다. 카미유는 도망갔고 그는 도망가는 누이동생을 뒤쫓았다. 마침내 그는 '그렇게 퀴리아스를 못 잊겠거든 그를 따라 지옥으로 가라!'라고 외치며 동생을 단도로 찔렀다.

그는 쓰러진 동생 앞에서 외쳤다.

"감히 로마의 적을 애도하는 자는 그 누구든 이렇게 즉각 처벌을 받으리라!"

옆에서 보고 있던 병사가 오라스에게 말했다.

"아니, 무슨 짓을 하신 겁니까?"

그러나 오라스는 당당하게 말했다.

「**여동생을 찔러 죽이는 오라스** Horace venant de frapper sa soeur」

프랑스 화가 루이장프랑수아 라그레네의 1750~1754년경 작품. 오라스는 『르시드』의 주인공 르시드보다 더 대담하다. 그는 자신의 가장 친한 친구를 희생시키고, 자기 여동생을 죽이기까지 한다. 한편 그 당시 이 작품은 아리스토텔레스가 말한 비극적 영웅의 개념을 구현하는 데 실패했다고 비판받기도 했다. 아리스토텔레스는 『시학』에서 비극의 영웅은 관객에게 연민과 두려움을 불러일으켜야 한다고 말했다. 아리스토텔레스에 따르면 비극적 영웅은 선한 사람으로, 악함이나 타락 때문이 아니라 잘못된 판단 때문에 불행해진다. 그런데 오라스는 자신을 비난하고 로마를 저주하는 여동생 카미유를 죽임으로써 영웅이라면 반드시 가져야 할 순수함을 잃어버렸다는 것이었다. 코르네유는 그 죽음 부분을 바꾸어야 한다는 비판을 받아들이지 않았다. 그는 기존의 판에 박힌 원리를 거부하고 오라스라는 자신만의 독창적인 인물을 창조해냈다.

“정의의 이름으로 행한 당당한 행동이었다. 로마를 저주하는 대역죄는 용서할 수 없다. 즉각 처벌해야 한다.”

“하지만 장군님의 누이동생인데……. 그렇게까지 하실 필요가…….”

“그런 말 하지 마라. 그녀가 내 가족이고 내 누이동생이라고 말하지 마라. 아버님도 딸이라고 인정하지 않으실 것이다. 조국을 저주하는 자는 가족이기를 포기한 자다. 그녀에게는 가족이라는 사랑이 가득한 이름을 허용할 수 없다. 소중한 친척도 적으로 변모시키는 괴물의 싹을 자른 것이지 가족을 죽인 게 아니다.”

그 순간 사빈이 방으로 뛰어 들어왔다. 카미유의 비명을 듣고 달려온 것이다. 그녀는 피를 흘리며 죽어 있는 카미유를 보고 경악했다. 그녀는 손에 여전히 단도를 들고 있는 오라스를 향해 분노를 터뜨렸다.

“아니, 당신 도대체 무슨 짓을! 그래요, 멈추지 말고 실컷 분노를 더 폭발시켜 봐요. 아직 지치지 않았다면 퀴리아스 가문에 유일하게 남은 혈육인 이 불쌍한 여인도 제물로 바치세요. 자, 이 사빈을 카미유와 함께 가게 해주세요. 당신의 부인을 당신 동생 곁으로 보내세요. 우리는 둘 다 똑같이 불행하고 똑같은 죄를 지었어요. 그녀처럼 나도 오빠들을 애도하며 울었어요. 그리고 내 죄가 더 커요. 그녀는 한 명만 애도했지만 나는 세 명을 애도했어요. 자, 당신의 엄격한 계율대로 하세요. 저 같은 죄인은 즉결로 처분해야 하지 않나요? 그게 당신의 계율 아닌가요?"

오라스가 사빈에게 말했다.

"눈물을 거두시오, 부인. 사빈, 내 앞에서는 정숙한 부인이라는 이름에 어울리게 행동하시오. 내게 동정심을 불러일으키지 마오. 지금 동정심을 갖는 건 옳지 못한 일이오. 당신 스스로 당신 감정을 내 감정 높이로 끌어 올려야지 내가 당신의 감정으로 내려가는 건 안 될 일이오. 나는 당신을 사랑하오. 또한 당신을 짓누르는 고통도 알고 있소. 하지만 이겨내야 하오. 그 고통에 굴복하는 건 연약한 일이오. 연약함을 이기고 내 용기를 닮으시오. 내게서 영광을 떼어내려 하지 마오. 그 영광으로 당신을 장식하시오. 동생보다는 부인이 되시오. 나를 본받아 나를 따른다는 불변의 계율을 마음에 새기시오."

"당신을 본받으라고요? 저는 그런 완벽한 영혼을 갖고 있지 못해요. 저는 오빠들의 죽음을 애도해요. 하지만 그 죽음을 당신 탓으로 돌리지는 않아요. 당신의 명예와 의무 탓으로 돌리지도 않아요. 저는 모든 것을 운명 탓으로 돌려요. 하지만 저는 로마인이라는 덕성은 포기하겠어요. 그 덕성을 지니기 위해서는 비인간적이 되어야만 한다면 기꺼이 포기하겠어요. 제가 오빠의 죽음을 애도하는 동생이 될 수 없다면, 승자인 당신의 부인도 될 수 없어요.

공과 사를 뒤섞지 마세요. 당신의 승리는 공적인 일이에요. 다른 많은 로마 사람들과 함께 있는 자리에서 기뻐하세요. 하지만 집 안에서는 집안의 불행에 대해서 애도하게 놔두세요. 모두 행복에 들떠 있어도 우리의 불행은 사라지지 않아요. 잔인한 사람! 이 집 안에 들어올 때는 제발 승리의 월계관을 문 앞에 놔두세요. 나와 함께 눈물을 흘리세요.

아니, 이 비겁한 이야기를 듣고도 분노하지 않으시는군요. 당신의 그 용기로 무장하지 않으시는군요. 내가 이렇게 죄를 짓고 있는데도 분노가 치솟지 않으세요? 아, 카미유는 행복할 거야. 당신을 분노케 해서 얻고 싶은 것을 얻었으니. 그녀는 그녀의 바람대로 잃었던 모든 것들, 잃었던 모든 사람을 저승에서 다시 만나고 있을 테니.

오, 소중한 남편! 나를 짓누르는 고통의 장본인! 제발 제 소원을 이루어주세요. 저를 죽여주세요. 분노로건 동정심으로건 저를 죽여주세요. 분노로 내 연약함을 처벌하시든, 동정심으로 내 고통을 끝내시든 저를 죽여주세요. 처벌이든 은총이든 나는 죽고 싶어요. 그 어떤 것이든 남편 손에 죽을 수 있다면 달게 받아들일 수 있으니까요."

오라스가 고개를 들어 외쳤다.

"오, 신들이시여! 그대들은 부당하십니다! 나의 고결한 영혼을 여자들이 뒤흔들 수 있게 만들다니! 이토록 연약한 존재들이 가장 고귀한 가슴을 이렇게 지배할 수 있게 만들다니! 내 용기가 이렇게까지 억눌릴 수 있다니! 아, 나도 괴롭다. 이 자리를 피하는 수밖에 없다."

오라스는 오열하는 사빈을 남겨둔 채 방을 나갔다. 오라스의 손에 의해 죽기를 간절히 원했던 사빈은 눈물을 흘리는 수밖에 없었다.

5

오라스의 손에 카미유가 죽었다는 사실은 곧 아버지에게 전해졌다. 하지만 아버지는 결코 오라스를 책망하지 않았다. 그는 오히려 오라스를 동정했다. 아버지는 오라스를 부른 후 그에게 말했다.

“이제 카미유의 죽음에 대해서는 더 이상 생각하지 말자. 승리에 도취한 우리의 자만심이 너무 높이 올라갔었나보다. 하늘이 그 자만심을 꺾으신 것으로 알자. 달콤한 기쁨은 고통 없이 주어지지 않는 법이다.

나는 카미유를 동정하지 않는다. 그 애는 죄인이었다. 동정받아야 할 사람은 바로 나다. 그리고 카미유보다 너를 더 동정한다. 나는 로마인답지 못한 딸을 세상에 내놓았으니 동정받아야 한다. 그 애의 죽음으로 네 손이 더럽혀졌으니 너 또한 동정받아야 한다.

그 애를 죽인 건 부당한 짓이 아니었다. 성급한 짓도 아니었다. 하지만 아들아, 너는 네 손이 더러워지는 수치를 면할 수 있었다. 카미유의 죄가 아무리 크고, 죽어 마땅하다 하더라도 네 손으로 처벌하지 않는 것이 나았다."

"아버님, 모든 것을 아버님의 뜻에 따르겠습니다. 로마의 율법대로 아버님은 저를 죽이실 수 있습니다. 저는 카미유의 피도 우리 가문에 속한다고 생각했습니다. 그 애의 말에 제 피는 끓어올랐습니다. 그 열정 때문에 제가 저지른 일이 영원히 비난받을 짓이라면, 아버님 한 마디로 제 운명을 결정하실 수 있습니다. 아버님, 제가 죽어야 한다고 생각하신다면 조금도 망설이지 마십시오. 그 어떤 부성애도 발휘하지 마십시오. 아버지의 자격으로서 판단해주십시오. 부성애 때문에 마땅히 처벌해야 할 자식을 처벌하지 않는다면 우리 가문의 명예에 오점을 남기는 것입니다. 오로지 우리 가문의 명예에 대해서만 생각해주십시오."

“아들아, 네 말이 옳다. 하지만 아버지란 존재는 언제나 그렇게 엄격할 수만은 없다. 아버지는 자기 자신을 위해 아들을 아끼는 법이란다. 아버지가 늙으면 아들에게 의존하기 마련이고, 아들을 쉽게 처벌하지 않는 법이다. 자신에게 엄격한 사람도 아들 앞에서는 그러지 못하는 법이다.”

아버지에게 판결을 요구하는 오라스 앞에서 아버지는 망설일 수밖에 없었다.

망설이는 그를 구해준 것은 바로 로마의 왕 튈이었다. 그 순간 그가 호위병들과 함께 오라스의 집에 도착한 것이다. 왕은 오라스가 카미유를 죽였다는 보고를 이미 받았다. 하지만 왕은 오라스 집 방문 계획을 취소하지 않았다.

왕이 집에 도착했다는 소식을 시종이 전하자 아버지와 오라스는 황급히 왕을 맞았다. 아버지가 무릎을 꿇고 왕에게 말했다.

“아, 너무 과분한 영광을 베풀어주셨습니다. 이 누추한 곳으로 몸소 왕림하시다니……. 제가 전하를 뵈어야 할 곳은 이곳이 아닌데……. 어서 안으로 드십시오.”

"아니오. 자, 어서 일어나시오, 어르신. 오라스가 이토록 빛나는 공을 세웠는데 그에 걸맞은 명예를 내리기에는 이것으로도 부족하오. 어르신이 두 아들의 죽음을 어떻게 맞이했는지는 이미 발레르의 보고를 통해 들었소. 어르신의 그 단호함 앞에 내 위로가 쓸데없는 짓이라는 걸 나는 잘 알고 있소. 하지만 나는 곧이어 일어난 일도 이미 보고 받았소. 공공의 이익을 너무 생각한 나머지 오라스가 어르신 외동딸의 목숨을 빼앗았다고……. 아무리 강인한 영혼을 가진 사람이라도 고통스러울 수밖에 없는 비극이오. 어르신이 어떻게 그 불행을 참아내고 있는지 궁금하오."

"전하, 고통스럽긴 하나 체념하고 있습니다."

"경험에서 나오는 소중한 결론이로군요. 가장 감미로운 행복의 순간에 불행이 뒤따라 올 수도 있다는 것을 어르신 같이 나이 드신 분들은 잘 알지요. 나는 어르신을 동정하고 어르신만큼 슬퍼하고 있소."

그때 발레르가 나섰다. 카미유를 사랑하던 그는 그녀의 죽음을 애통해하고 있었다.

"전하, 제왕은 하늘로부터 정의와 율법의 힘을 받았습니다.

선행에는 보상을, 죄악에는 처벌을 내리는 것이 제왕의 길이옵니다. 전하, 감히 말씀드리겠습니다. 전하께서는 처벌해야 할 사람을 동정하고 계시옵니다. 오라스는 처벌받아 마땅하옵니다."

그의 말을 듣고 아버지가 언성을 높이며 끼어들었다.

"뭐라고! 승자를 처벌하다니! 로마에 영광을 가져다준 자를 죽이다니!"

왕이 손을 내저으며 말했다.

"어르신, 그의 말을 다 들어봅시다. 판단은 내가 하겠소. 나는 언제 어디서건 공을 세운 사람은 모두 인정할 것이오. 왕이 신으로부터 부여받는 가장 큰 권리요. 하지만 카미유의 죽음에 대해서도 나는 공정한 판단을 내려야 하오. 그것이 딸의 죽음 앞의 어르신을 애도하는 길이오."

왕이 허락하자 발레르가 나서서 오라스의 죄상을 힘들여 고했다.

"오, 위대하신 왕이시여. 왕 중 가장 공정하신 왕이시여. 많은 훌륭한 사람들의 생각을 제 목소리를 빌려 전하께 말씀드리는 것을 허락해주십시오. 오라스의 명예에 질투를 느껴 저희가 화를 내는 것이 아니옵니다. 그의 명예는 모두 칭송해야 마땅합니다. 그의 업적을 빛내기 위해 우리는 모두 협력할 준비가 되어 있습니다. 하지만 그는 죄를 지었습니다. 그런 명예로운 자도 그런 죄를 지을 수 있다는 것을 보여주었습니다. 그를 죄인으로서 죽여주십시오. 그의 분노를 멈추어주십시오. 나머지 로마인들을 그의 손으로부터 보호해주십시오.

전쟁으로 인하여 수많은 사람이 죽었습니다. 우리 로마와 알바는 가까운 나라입니다. 평화로울 때 많은 사람이 결혼을 통해 맺어졌습니다. 알바는 우리와 적으로 싸웠지만 사위나 처남의 죽음으로 충격을 받은 우리 로마인들도 많습니다. 자신의 불행 때문에 눈물을 흘리지 않는 로마인은 거의 없습니다.

이것이 로마를 모욕하는 것이라면, 그로 인해 처벌을 받아야만 한다면 그 처벌을 면할 로마인은 얼마 없습니다. 약혼자의 죽음이 가져온 슬픔을 이해하지 못하고, 누이동생의 눈물을 용서하지 못한 오라스, 이 야만스러운 승자는 수많은 피를 뿌려야만 할 것입니다. 로마를 승리로 이끈 자가 로마를 노예로 만들었으며 우리의 목숨을 좌지우지하는 힘을 지니게 되었습니다. 그가 관용을 보여주어야만 우리의 목숨이 부지될 수 있는 지경에 이르렀습니다.

저는 전하께 감히 요구하고 싶습니다. 저 용감한 승자의 팔이 저지른 죄의 결과를 우리의 눈앞에 보여주시기를 요구하고 싶습니다. 잔혹하게 죽은 그녀를 우리에게 보여주시기를 요구하고 싶습니다. 그녀의 선량한 피가 잔인한 오빠의 얼굴에 솟구칠 것입니다. 그가 얼마나 잔혹하고 무시무시한 짓을 저질렀는가를 우리 모두 알게 될 것입니다.

하지만 자제하겠습니다. 다른 말씀을 드리겠습니다. 내일 저희는 승리한 자로서 희생 제의를 드립니다. 신이 과연 형제 살해범의 손으로 바치는 향을 받아들일까요? 그는 신의 분노의 대상입니다. 우리는 최초의 형제 살해범을 지금 눈앞에 두고 있습니다. 하늘이 증오합니다. 하늘이 분노합니다. 저희를 그의 손에서 구해주시고 신을 두려워해야 합니다."

그가 이야기를 끝내자 왕이 오라스에게 말했다.

"오라스, 변호하라."

"전하, 변호해봐야 무슨 소용 있겠습니까. 전하께서는 제가 한 일을 다 아시고 계십니다. 방금 들으신 그대로입니다. 전하께서 내리시는 판단이 제게는 율법입니다. 군주에게 자신을 변명하는 것도 죄를 짓는 것입니다. 저의 피는 군주의 재산입니다. 군주가 마음대로 쓸 수 있습니다. 군주가 저의 피를 가져가시더라도 정당한 이유가 있다고 믿는 것이 저의 몫입니다. 전하, 판결하십시오. 저는 복종할 준비가 되어 있습니다. 다른 사람들은 목숨을 사랑하지만 저는 증오합니다.

발레르는 제 누이동생을 사랑했고 그 때문에 오빠인 저를 고발하고 있습니다. 저는 그의 열정을 비난하지 않습니다. 오히려 그가 바라는 것은 제가 바라는 것과 똑같습니다. 그는 제가 죽기를 바라고 저도 마찬가지입니다. 하지만 딱 한 가지 차이가 있습니다. 저는 죽음으로써 제 명예를 지키려 합니다. 하지만 발레르는 제 영광을 퇴색시키길 원합니다.

전하, 위대한 마음을 온전하게 보여줄 수 있는 기회는 자주 오지 않는 법입니다. 그것이 지닌 가치가 있는 그대로 힘을 발휘할 기회는 별로 없습니다. 그것을 받아들이는 자에 따라 크게도 보이고 작게도 보입니다. 영향을 크게 미치기도 하고 그렇지 않을 수도 있습니다.

전하, 지금 로마 국민은 제가 세운 무훈에 열광하고 있습니다. 국민들은 겉으로 모든 것을 판단합니다. 한 번 무훈을 세우면 항상 그러하기를 바라고 있습니다. 끊임없이 놀라운 일을 보기를 원하고 있습니다. 상황은 전혀 고려하지 않습니다. 그래서 다음에 한 일로 인해 첫 번째 무훈은 그 가치가 떨어져버립니다.

전하, 저는 제 팔이 행한 무훈에 대해 자만하지는 않습니다. 다만 앞으로는 그러한 무훈을 세우기 어려울 것입니다. 저는 제 첫 번째 무훈에 대한 기억만 국민에게 남기고 싶습니다. 제가 오늘 죽어야만 그 영광이 보존될 수 있을 것입니다.

전하, 저는 전하의 허락 없이는 제 손으로 죽을 수 없습니다. 전하의 허락 없이는 피를 흘릴 수 없습니다. 제 피는 전하 것이기 때문입니다. 전하의 피를 훔치는 짓이기 때문입니다. 전하, 로마에는 용감한 전사들이 많습니다. 자격이 없는 저에게 씌워진 월계관은 다른 전사들이 얼마든지 이어받을 것입니다. 전하, 제가 이룬 무훈에 대해 감히 보상을 원합니다. 위대한 왕이시여, 허락해주십시오. 누이를 살해한 죄인으로서가 아니라 승자로서 죽을 수 있기를. 승리한 이 두 팔로 제 목숨을 끊을 수 있기를."

오라스의 말이 끝나자 사빈이 왕 앞으로 나섰다.

"전하, 제 말을 들어주십시오. 전하의 무릎 앞에 홀로 남겨진 채, 죽은 오라비들을 위해 울고 남편을 두려워하는 여인의 말을 들어주십시오. 동생의 고통, 부인의 고통에 귀 기울여주십시오. 전하, 이 고귀한 죄인 대신 저를 처벌해주십시오. 정의의 손에서 이 죄인을 구하기 위해 술책을 부리는 것이 아니옵니다. 그를 고통스럽게 만들고 저는 고통에서 벗어나기 위해서입니다. 그가 무엇을 했건 있는 그대로 대우해주십시오. 다만 불행한 제 피로 그의 죗값을 모두 치러주십시오. 전하, 제물을 바꾸시는 것이 아닙니다. 우리는 부부입니다. 그는 자신 속에서만이 아니라 제 속에서도 살고 있습니다. 오늘 전하께서 저의 죽음을 허락하신다면 제 속의 그도 죽을 것입니다. 저의 죽음을 통해 그의 고통은 더 늘어나고 제 고통은 끝날 것입니다.

전하, 저를 짓누르고 있는 이 고통을 헤아려주십시오. 제가 어떤 상황에 처해 있는가를 통촉해주십시오. 칼로 제 가족 전부의 목숨을 끊은 남자, 그 남자 품에 안긴다는 것이 얼마나 끔찍한 일인가요! 자신의 가족과 로마, 그리고 전하께 큰 공을 세운 남편을 증오한다는 것, 우리의 재앙을 끝낸 남편을 사랑하지 않는다는 것은 얼마나 불경한 일인가요!

전하, 그를 사랑하는 죄와, 그를 사랑하지 않는 그 모든 죄로부터 저를 구원해주십시오. 제게 행복한 죽음을 내려주십시오. 제게 은혜를 내려주십시오. 저의 죽음으로 남편의 수치를 면하게 할 수 있다면, 그의 덕성 때문에 폭발한 분노를 진정시킬 수 있다면, 제 죽음으로 아가씨의 혼을 달랠 수 있다면, 그래서 로마의 수호자를 그대로 남겨 둘 수 있다면 저는 저의 죽음을 달콤하게 받아들이겠습니다."

그들의 말을 모두 듣고 있던 오라스 아버지가 나섰다.

"전하, 제게 말씀을 허락해주십시오."

왕이 고개를 끄덕이자 그는 우선 발레르를 향해 한마디 했다.

"그대는 무슨 이유로 우리 가문에서 하나밖에 남지 않은 내 자식에게 무기를 드는 건가! 왜 나를 그렇게 괴롭히는 건가! 왜, 나와 무슨 철천지원수처럼 굴고 있는가?"

이어서 그는 사빈을 향해 말했다.

"고통을 끝내기 위해 오빠들을 따르려는 사빈아, 남편을 떠나고 싶어 하는 사빈아, 전하께 간청하기보다는 죽은 오빠들의 고귀한 영혼과 상의하도록 해라. 그들은 고통 속에서 죽은 게 아니다. 조국 알바를 위해 죽었기에 행복하다고 여긴다. 알바가 로마에 예속된 건 하늘이 원했기 때문이다. 그들도 그것을 인정할 것이다. 사빈아, 네 세 오빠들은 너의 고통을, 네 눈의 눈물을, 네 입에서 나오는 탄식을 모두 부인할 것이다. 용기 있는 남편에게 보이는 네 두려움을 부인할 것이다. 사빈아, 명예로운 네 오빠들의 누이가 되어라. 그들처럼 네 의무를 따르도록 해라."

이어서 그는 왕을 향해 말했다.

"전하, 발레르가 흥분해서 한 말에 대해 제 말씀을 드리겠습니다. 오라스가 누이동생에게 분노한 것은 결코 실수가 아닙니다. 나라를 사랑한다는 미덕에서 그런 감정이 일어난 것입니다. 그것은 처벌받을 것이 아니라 찬사를 받아야 합니다. 카미유는 우리의 적을 사랑하고 그를 존경했습니다. 적의 죽음에 분노하며 우리 조국을 저주했습니다. 우리나라가 한없이 불행해지기를 기원했습니다. 오라스는 그 죄에 대해 처벌을 내린 것입니다. 로마에 대한 사랑이 그의 손을 부추겼습니다. 로마에 대한 그의 사랑이 깊지 않았다면 그는 이 자리에 서지도 않았을 것입니다.

전하, 그는 무죄입니다. 만일 그가 죄를 지었다면 이 아버지의 팔이 이미 그를 처벌했을 것입니다. 자식에 대한 아버지의 권리를 행사했을 것입니다. 전하, 저는 명예를 그 무엇보다 소중히 여깁니다. 저는 제 가문에 대한 모욕도 참을 수 없으며 죄 또한 참을 수 없습니다. 오라스가 싸움터에서 도망갔다는 소식을 들었을 때 제가 얼마나 분노했는지 들으셨습니까? 제가 어떻게 했는지 들으셨습니까? 제가 오라스를 변호하는 것은 사사로운 정 때문이 아닙니다. 그가 우리 가문의 명예를 더럽히지 않았고 죄를 짓지 않았기 때문입니다.

저는 발레르를 용서할 수 없습니다. 왜 그가 제 가족을 보살피겠다고 자청해서 나선 겁니까? 제 뜻은 무시한 채, 왜 제 딸의 복수를 하려 나서는 겁니까? 왜 제 딸의 죽음에 대해 아버지보다 더 큰 관심을 두는 것입니까? 오라스가 동생을 죽이고 다른 사람들도 죽일까 봐 두렵다니요! 전하, 저희는 저의 가문의 수치에 대해서만 관심이 있습니다. 저희와 관계없는 사람 때문에 흥분하지 않습니다."

그는 다시 발레르를 향해 말했다.

"발레르, 오라스가 있는 앞에서 내 딸의 죽음을 애도해도 좋다. 하지만 그의 머리에 쓴 월계관을 모욕하지 마라. 로마는 오늘의 로마를 있게 한 그 월계관의 주인을 제물로 바치려 하지 않을 것이다. 로마인이라면 그의 명예를 모욕할 수 없다. 그대는 로마인이 아니란 말인가! 그대는 로마인이면서 로마의 명성을 더럽히려 하는가!

발레르, 만일 그가 죽기를 바란다면 그가 어디서 처형을 받아야 한다고 생각하는가? 로마의 성벽 안에서? 그의 무훈을 칭송하는 수많은 사람이 보는 앞에서? 아니면 성벽 밖에서? 퀴리아스 형제의 피에서 아직 온기가 가시지 않은, 그들의 세 무덤 앞에서? 그래서 그의 승리에 대해서 처벌을 해? 그대, 이토록 좋은 날에 훌륭한 피로 로마를 더럽히려는가! 단지 카미유를 사랑한다는 이유만으로 그런 일이 벌어지기를 바라는가! 모든 로마인이 반대할 것이다. 우리의 적이었던 알바도 그런 광경은 허락하지 않을 것이며 로마 또한 눈물로 반대할 것이다."

노인은 말을 멈추지 않았다. 이번에는 다시 왕을 향해 말했다.

"전하, 전하께서는 눈물보다 앞서가셔야 합니다. 로마의 이익을 위해 엄정한 판결을 내려주십시오. 오라스는 로마를 위해 한 번 했던 일을 또 할 수 있습니다. 그는 로마가 위기에 빠지면 구할 수 있습니다. 전하, 세 아이를 잃은 허약한 노인으로서 말씀드리는 것이 아닙니다. 이제 하나 남은 제 아들을 로마를 위해 살려주십시오. 로마의 성벽에서 든든한 기둥을 뽑아버리지 마십시오. 전하, 마지막으로 제가 제 아들에게 한마디 말을 하도록 허락해주십시오."

그는 이번에는 오라스를 향해 말했다.

"오라스, 백성의 명성을 믿지 마라. 백성은 어리석다. 어리석은 백성은 금방 소문을 만들어 퍼뜨리지만 그것은 어느 순간 연기처럼 사라진다. 소문이 우리의 명성에 흠집을 내더라도 신경 쓰지 마라. 왕, 귀족, 세련된 영혼만이 진정한 미덕을 갖추고 있다. 그들이 내리는 영광만 받아들여라. 그들만이 진정한 영광을 기억할 것이다. 항상 오라스로 살아라. 네 이름이 비록 대중들 앞에서는 더럽혀지더라도 영원히 그 명성을 간직한 채 살아남을 것이다. 더 이상 삶을 증오하지 마라. 최소한 죽지만은 말아라. 나를 위해, 그리고 네 조국과 전하께 봉사하기 위해 살아남아라. 전하, 제가 너무 말을 많이 했습니다. 하지만 전하를 위한 충심에서였습니다. 로마 전체가 제 입을 통해 말을 한 것입니다."

그가 말을 끝내자 발레르가 나서서 무슨 말인가 하려 했다. 하지만 왕이 그를 저지했다.

왕이 말했다.

"발레르, 이것으로 충분하다. 그대의 말이 저들의 말 때문에 지워지지 않는다. 그대의 말도 내가 충분히 기억하고 있다. 내가 이제 판결을 내리겠다."

그는 앞에 있는 여러 사람에게 말했다.

"우리 눈앞에서 벌어지다시피 한 오라스의 잔인한 행동은 인간의 천성을 모욕한 것이며 신에게까지 상처를 주었소. 이러한 죄를 짓게 한 충동에 대해서는 어떤 변명도 통할 수 없을 것이오. 아무리 너그러운 법률을 갖다 대어도 그 죄를 부인하지는 않을 것이오. 만일 법을 따른다면 그는 죽어 마땅하오.

하지만 다른 관점에서도 보아야 하오. 그의 죄가 아무리 크다 하더라도 그 죄는 오늘날 나를 두 나라의 주인으로 만들어준 바로 그 칼에서 나온 것이오. 바로 그 팔이 저지른 짓이오. 내가 손에 들고 있는 두 개의 왕홀이 그의 목숨을 살리라고 크게 말하고 있소. 그가 없었다면 나는 지배자가 아니라 신하가 되었을 것이오. 만일 그렇게 되었다면 국가도 사라졌을 것이며 로마의 법도 아무 쓸모가 없어졌을 것이오. 왕권을 확립시키는 힘은 하늘이 소수의 사람에게만 부여한 선물이오. 군주의 힘은 바로 그들에게서 나오는 것이오. 그들은 법 위에 있소. 왕권이 법 위에 있기 때문이며 나라가 법 위에 있기 때문이오. 법을 입 다물게 하시오. 우리의 창설자인 로물루스는 동생 레무스를 죽였소. 하지만 로마의 창설자에게 법은 입을 다물었소. 로마를 구원한 영웅에게도 법은 입을 닫아야 하오.

오라스여, 살아남아라. 그대는 고결한 전사다. 그대의 영광이 죄보다 위에 있기 때문이다. 고상한 열정으로 죄를 지었으니 그 결과는 용서할 수밖에 없다. 살아남아 국가에 봉사하라. 그리고 발레르를 사랑하라. 그대들 사이에 그 어떤 분노도 증오도 남기지 마라. 그가 사랑을 따랐건 의무를 따랐건, 법을 따랐건 아무런 앙심도 품지 마라.

사빈, 그대를 괴롭히는 고통에 귀 기울이지 마라. 위대한 마음속에서 약한 흔적은 지워버려라. 그대가 애도하는 이들의 진정한 누이동생이 되어라. 그대가 눈물을 씻어야 그렇게 될 수 있다.

자, 우리는 내일 신에게 제사를 드리게 될 것이다. 그 제사를 통해 오라스의 죄를 씻게 될 것이다.

자, 오라스의 아버지시여, 그대가 직접 제사를 주관하시오.

카미유의 영혼을 진정시키시오. 나도 그녀를 애도할 것이오. 사랑에 빠진 그녀의 영혼이 간절히 원하던 것을 내가 이루게 해주겠소. 사랑의 열정에 빠졌던 두 연인이 같은 날 목숨을 잃었소. 태양은 그들의 죽음을 똑같이 목격한 증인이오. 태양에게, 그들의 육신이 한 무덤에 묻히는 것을 보여주고 싶소."

『르시드 · 오라스』를 찾아서

여러분은 "고전을 읽어라"라는 말을 들어보았을 것이다. 그 말을 들었을 때 무엇을 떠올리는가? 아마 십중팔구 오래된 옛날 책들을 머리에 떠올릴 것이다. 지금 유행하는 베스트셀러 같은 책보다 오랫동안 사람들이 훌륭하다고 여기는 책을 읽으라는 뜻으로 이해했을 것이다. 마찬가지로 '고전음악 좋아해?'라는 질문도 들어보았을 것이다. '대중가요가 아닌 고급스러운 음악 좋아하니?'라는 질문으로 금방 알아들을 것이다. 라디오의 「고전 음악실」 같은 프로그램에서 나오는 점잖은 음악들을 우리는 고전 음악이라고 부른다.

그렇다. 우리가 일반적으로 말하는 고전 작품이란 오랫동안 사람들에게 인정받는 작품을 말한다. 일시적인 유행을 타고 사라지는 게 아니라 언제고 사람들에게 교훈을 주고 사랑을 받는 작품을 말한다. 일시적으로 우리의 감정을 만족시키는 것이 아니라 언제 어디서나 사람들에게 깊은 감동을 주는 작품을 고전 작품이라고 부른다. 그런 의미에서 진정한 고전 작품의 생명력은 아주 길다고 볼 수 있다.

그런데 고전이라는 말은 프랑스 17세기 문예사조에서 유래했다. 그 사조가 바로 고전주의다. 프랑스어로는 Classicisme(클라시시즘, 클래식주의)이라고 쓴다. 고전 음악을 클래식 음악이라고도 말하는 것은 고전주의라는 프랑스어 어휘에 클래식이라는 표기가 들어 있기 때문이다.

17세기 프랑스 사람들은 자부심이 아주 대단했다. 프랑스는 유럽에서 가장 강력한 군주제를 처음으로 이룩했고 여러 가지 면에서 유럽의 중심이 되었다고 할 만했다. 게다가 데카르트라고 하는 철학자가 나타나 합리주의 원칙을 마련했다. 데카르트의 이름은 몰라도 "나는 생각한다, 고로 나는 존재한다"라는 그의 말은 한 번쯤 들어보았을 것이다. 합리주의란 인간의 이성을 모든 것의 잣대로 삼을 수 있다고 주장한 철학이라고 보면 된다. 이성의 힘으로 세상 온갖 진리를 밝혀낼 수 있다고 믿은 철학이라고 보면 된다. 합리주의자들은 인간의 이성의 힘으로 바람직한 세상을 만들 수 있다고 믿었다.

고전주의는 그 믿음이 예술 창작에 이어진 것으로 보면 된다. 프랑스 고전주의자들은 사람이 따라야 할 바람직한 삶과 그렇지 못한 삶이 분명히 있다고 믿었다. 진실 된 삶과 거짓된 삶이 분명히 구분된다고 확신했다. 진실 되고 바람직한 삶이란 인간의 의지와 이성의 힘으로 온갖 정념, 유혹을 이겨낸 삶이다. 고전주의자들을 그런 바람직하고 진실 된 것을 보여주는 작품만이 사람들에게 감동을 준다고 믿었다. 게다가 그런 인간상은 영원히 인간이 추구해야 할 표본이며 모범이라고 믿었다. 그런 인간상은 영원히 사람들에게 감동을 줄 수 있다고 믿었다. 그래서 오랫동안 생명력을 갖고 사람들에게 감동을 주는 작품을 고전이라고 부르게 된 것이다.

프랑스 고전주의자들은 어찌 보면 셰익스피어보다 한 발 더 나간 셈이다. 셰익스피어 작품의 주인공들은 고뇌하는 주인공들이다. 그들은 인간적 유혹에 넘어가는가 하면, 결단을 못 내리고 망설이기도 한다. 프랑스 고전주의자들의 작품에서도 주인공은 유혹 앞에 놓인다. 이것이냐, 저것이냐를 놓고 갈등하기도 한다. 하지만 대부분의 경우, 특히 코르네유 작품의 경우 주인공은 그 갈등에서 벗어난다. 인간의 의지에 의해서이다. 프랑스 고전주의자들은 갈등하는 인간을 그대로 보여주기보다는 바람직한 인간상을 만들려고 애썼다. 그리고 그들이 그런 바람직한 인간상을 만들어낼 수 있다고 믿었다. 사람들이 영원히 추구할 만한 가치를 만들어낼 수 있다고 믿었다. 문학과 예술이 가장 확신에 차 있던 시대가 바로 고전주의 시대라고 보면 된다.

요즘은 '바람직한 세상은 어떤 것일까?', '바람직한 삶이란 어떤 것일까?'하는 질문이 별로 없는 세상이다. 프랑스 고전주의자들의 작품을 읽으면서 진실된 삶에 대한 질문을 스스로 던져보는 계기가 될 수 있다면 좋은 일이다.

프랑스의 대표적인 고전주의 작가는 '코르네유, 라신, 몰리에르' 세 사람이다. 이들은 모두 고전주의를 대표하는 작가들이지만 각각의 작품 세계는 아주 다르다. 우리는 그중 고전주의 이상에 가장 부합하고 고전주의 정신에 투철했던 코르네유의 작품들부터 읽어보기로 하자.

『르시드』는 코르네유의 대표작이다. 1637년 1월 초 처음 무대에 올렸을 때, 무대 위에 의자를 올려놓아 자리를 마련해야 할 정도로 인기가 대단했다. 연극을 본 관객들은 작품 속 긴 독백들을 외우면서 즐거워했다. 그리고 "르시드처럼 아름답다"라는 말이 유행할 정도로 사람들을 매혹했다. 그 인기는 유럽 전역으로 퍼져 나가 『르시드』가 거의 모든 유럽 언어로 번역될 정도였다.

『르시드』는 11세기 스페인 남부가 무대다. '르시드'는 스페인어 '엘시드'를 프랑스어로 표기한 것으로 '로드리고 디아스 데 비바르'라는 실제 인물을 주인공으로 한 희곡이다. '엘'은 정관사고 '시드'는 아랍어로 '군주'를 뜻한다. 그는 수많은 공을 세운 스페인의 전설적 국민 영웅이다. 코르네유는 그를 모델로 하여 고전주의 정신을 한 편의 작품 속에 압축해놓는다. 간단하게 말해 자식으로서의 의무와 사랑 사이의 갈등에 빠진 인물이, 의지의 힘으로 그 위기를 극복하는 드라마다.

작품 속 로드리그는 영웅이다. 그는 훌륭한 가문에서 태어난, 뛰어난 자질을 가진 인물이다. 그는 영웅이 될 소지를 충분히 지니고 있다. 그러나 그는 그에게 찾아온 갈등을 의지로 극복함으로써 진정한 영웅이 된다. 중요한 것은 바로 그의 의지이다. 아버지에 대한 복수와 사랑 사이의 갈등에서 찾아온 위기를 의지로 극복하는 것, 그것이 바로 『르시드』의 핵심 주제이며 고전주의의 이상이다. 코르네유의 거의 모든 작품에서 실제 주인공 노릇을 하는 것은 바로 그 명예를 지켜내려는 의지인 것이다. 코르네유는 그 의지의 힘을 강조하기 위해 그의 작품 속의 갈등을 한껏 고조시킨다. 주인공을 갈등 사이에서 방황하게 만들고, 마음을 찢어지게 만든다. 하지만 결국 의지의 힘으로 명예도 획득하고 사랑도 얻는다. 상황은 비극적이지만 결말은 행복하다. 그래서 『르시드』는 관객을 안도하게 한다. 『르시드』가 대단한 인기를 얻은 것은 바로 관객들의 취향, 생각과 호흡을 함께했기 때문이다.

1640년 발표한 『오라스』에서 코르네유는 그 갈등을 한껏 고조시킨다. 『르시드』가 아버지의 복수와 사랑 사이의 갈등을 주제로 하고 있다면 『오라스』는 애국심과 사랑 사이의 갈등을 주제로 하고 있다.

『오라스』의 무대는 로마 건국 초기인 기원전 7세기경이다. 코르네유는 티투스 리비우스의 『로마건국사』에 나오는 호라티우스와 쿠리아티우스 집안의 전투를 소재로 채택해 작품을 쓴다. 오라스는 호라티우스의 프랑스어식 표기이며, 작품 속 퀴리아스는 쿠리아티우스의 프랑스어식 표기이다. 한편 퀴리아스의 조국 알바는 알바롱가를 가리킨다. 알바롱가란 명칭을 어디선가 들어보았을 것이다. 바로 로마의 창설자인 로물루스가 태어난 곳으로서 베르길리우스의 『아이네이스』에 등장하는 지명이다. 즉 로마와 알바와의 전투는 한 핏줄 사이에서 벌어진 전투인 것이다.

바로 그 때문에 갈등이 심해질 수밖에 없다. 본래 한 핏줄 한 민족인데 두 도시로 갈라져 내전을 벌이게 되었으니 적진 속에서 매형과 조카, 친구 모습이 보일 수밖에 없다. 사랑하던 애인 사이도 갈라질 수밖에 없다. 당사자들이 모두 갈등에 빠질 수밖에 없다. 『오라스』에 등장하는 인물들은 모두 그 갈등 속에 휘말린 인물들이다. 사랑과 의무, 가족과 국가 사이의 갈등 사이에서 찢기는 인물들이다. 그중에서 가장 강력한 힘을 발휘하는 것이 바로 사랑이다.

코르네유는 『오라스』에 등장하는 인물들을 통해 애절한 연애 감정을 생생하게 보여준다. 사랑과 행복의 감정을 앞세우는 여성의 감수성을 감동적으로 표현한다. 사랑의 힘이 얼마나 큰 것인지도 충분히 보여준다. 사랑의 이름으로 영웅적 행동을 야만적이라고 비난하기도 한다. 하지만 그것들은 결국 개인적인 정념에 속하는 것일 뿐이다. 그러한 개인적인 정념들은 가문의 명예, 국가의 구원이라는 보다 더 큰 의무 앞에 무릎을 꿇어야 한다. 영웅의 영광이 영원하다면 개인적 사랑과 우정은 일시적일 뿐이기 때문이다. 일시적일 수밖에 없는 개인적인 사랑과 우정이 그 의무를 약화시키기 때문이다. 바로 그것이 코르네유 작품들이 독자들에게 전하는 확실한 메시지다.

어떤가? 코르네유의 생각에 동의하는가? 아니면 『르시드』의 시멘, 『오라스』의 카미유와 사빈의 말대로 그 영광은 인간성을 상실한 냉정하고 잔혹한 자에게만 올 수 있는 것인가? 이것 하나만은 확실하다. 만고불변의 정답은 없다는 것이다. 하지만 또 한 가지 확실한 게 있다. 요즘의 우리는 어떠한가? 삶의 의미와 행복을 오로지 개인적인 성취에서만 찾고 있지 않은가? 애국, 애족이라는 말이 너무 낯설게 여겨지는 세상에 살고 있지 않은가? 우리에게는 『르시드』의 로드리그, 『오라스』의 오라스와 같은 영웅이 필요하지 않은가? 여러분은 코르네유와 함께 그 질문을 던져보아야 한다는 것, 그것 또한 확실하다.

코르네유 작품 속 인물들은 오늘날의 인물들이 아니다. 사랑과 명예를 놓고 고뇌하는 모습도 낯설기만 하다. 그러나 우리가 우리의 의지로 선택해야 하는 상황은 언제나 온다. 결단을 내려야 할 상황은 언제나 생긴다. 그런 의미에서 코르네유 작품들은 고전적이다. 그때 코르네유를 읽어라. 갈등을 이기고 싶을 때, 결단을 내려야 할 때 그의 작품을 읽어라.

코르네유의 작품에 등장하는 명예라는 단어는 그 시대만의 단어가 아니다. 언제고 유효한 단어다. 명예란 여러분 스스로 자신을 판단하는 기준이다. 제아무리 욕심이 나더라도 차마 못 하는 마음, 삼가게 만드는 마음, 그것이 바로 명예에서 온다. 그 명예는 남이 세워주는 것이 아니다. 여러분 스스로 키우고 지키는 것이다.

1629년 희극 『멜리트』를 시작으로 1674년 비극 『쉬레나』로 끝을 맺을 때까지 코르네유는 45년간 열정적인 창작 활동을 한다. 그는 총 33편의 극작품을 썼다. 희극, 비극, 비희극, 영웅 희극 등 여러 작품에서 능력을 발휘했지만, 그의 재능이 한껏 빛난 것은 비극 작품들에서다. 코르네유에게 있어 인간의 위엄이란 갈등 속에서 어떤 선택을 하느냐에 달려 있다. 다시 말하지만 그의 작품의 주인공들은 최악의 상황에서도 의무를 완수할 힘과 의지와 통찰력을 지니고 있다. 인간에게는 여러 미덕이 있지만 그 영웅들에게는 의지만이 최고의 덕목이다. 그래서 그의 비극들을 '의지의 비극'이라고 부른다.

그는 1647년에 아카데미 프랑세즈 회원으로 선출된다. 그러나 『페르타리트』(1652)가 치명적인 실패를 거둔 후 파리로 낙향했으며, 한때는 루앙에 은둔하기도 했다. 이후 다시 극단에 복귀하여 여러 작품을 썼지만, 그때는 이미 라신이 대중적인 인기를 얻고 있을 때였다. 그는 마지막으로 은퇴하여 편안한 여생을 즐기다가 1684년 76세를 일기로 세상을 떠난다.

『르시드 · 오라스』 바칼로레아

1 프랑스 고전주의자들은 영원불변의 바람직한 인간상이 존재한다고 믿었다. 여러분은 과연 그런 것이 존재할 수 있다고 믿는가? 믿는다면 과연 그런 인간상은 어떤 것일까? 바람직한 인간상도 세월 따라 변하고 각 문화마다 다르다고 한다면, 그 기준은 무엇일까?

2 코르네유 작품의 주인공들은 강한 의지로 정념을 극복한 인물들이다. 의지로 정념을 극복하는 것이 가능하다고 보는가?

3 『르시드』의 로드리그는 자식으로서의 의무와 사랑 사이에 갈등하다가 결국 의무를 따른다. 마찬가지로 『오라스』의 주인공은 가문의 명예/애국심과 사랑 중에서 단호히 애국심을 택한다. 여러분이 같은 상황에 처했다면 어떤 선택을 할 것인가?

르시드 · 오라스

생각하는 힘: 진형준 교수의 세계문학컬렉션 12

펴낸날 초판 1쇄 2017년 9월 1일
펴낸날 초판 2쇄 2018년 4월 6일

지은이 피에르 코르네유
옮긴이 진형준
펴낸이 심만수
펴낸곳 (주)살림출판사
출판등록 1989년 11월 1일 제9-210호

주소 경기도 파주시 광인사길 30
전화 031-955-1350 팩스 031-624-1356
홈페이지 http://www.sallimbooks.com
이메일 book@sallimbooks.com

ISBN 978-89-522-3754-5 04800
978-89-522-3718-7 04800 (세트)

※ 값은 뒤표지에 있습니다.
※ 잘못 만들어진 책은 구입하신 서점에서 바꾸어 드립니다.

이 도서의 국립중앙도서관 출판시도서목록(CIP)은 서지정보유통지원시스템 홈페이지(http://seoji.nl.go.kr)와 국가자료공동목록시스템(http://www.nl.go.kr/kolisnet)에서 이용하실 수 있습니다.(CIP제어번호: CIP2017019459)